KB075025

정주영이
누구예요

정주영이
누구예요

이민우 지음

'쌀집 할머니' 장손인 체육기자
'왕 회장' 정주영을 증언하다

LiSa

아산병원의 정주영 기념관을 찾은 저자가 정 회장과 할머니의 사진, 그리고 쌀 배달 자전거를 배경으로 기념사진을 찍었다.

젊은이들에게 알려주고 싶은
정주영의 맨 얼굴

대한민국의 2030 젊은이들이 정주영 회장을 모른다는 말은 나에게 큰 충격이었다. 현대자동차, 현대건설, 현대중공업은 잘 알아도 이 거대한 현대그룹을 만들고 대한민국 경제를 이끌었던 정주영은 모른단다.

현대그룹과의 오랜 인연을 끝낸 이익치 전 현대증권 회장은 현대 가의 소용돌이에 휩쓸려 지난 2009년 서울구치소에서 1년가량 고생했다. 경기고 동기동창인 이 회장을 몇 차례 면회할 때마다 그가 참 할 말이 많다는 걸 느꼈다. 나는 이 회장에게 그 모든 내용을 글로 남기라고 충고했다.

형기를 마치고 나온 이 회장은 나에게 20만 자가 넘는 방대한 회고록 원고를 건넸다. 그런데 막상 책으로 출간하려 하자 이 회장이 완곡하게 거절했다.

그냥 썩히기에는 아깝다는 생각에 영화화를 시도했다. 그때 제작사의 대답이 "영화 관객은 주로 2030인데 그들은 정주영을 모른다"였다. 정주영을 모르다니 그럴 리 없다고 생각했다. 거절하기 위한 핑계라고 받아들였다.

2019년 디지털서울문화예술대 총장으로 취임하자 불현듯 대학생들에게 정말 정주영을 모르는지 확인하고 싶었다.

"정주영이 누구예요?"

그때의 충격은 내가 꼭 책을 써야겠다고 결심한 계기가 됐다.

* * *

나의 할머니는 정주영 회장이 1930년대 상경해서 쌀집 종업원으로 일할 때 그 쌀집 주인아주머니다. 아산병원 한 모퉁이에 그리 크지 않은 정주영 기념관이 있다. 처음 방문했을 때 나는 깜짝 놀랐다. 들어서자마자 한가운데에 할머니와 정주영 회장이 함께 찍은 사진이 실물 크기로 떡하니 버티고 있었다. 한순간 숨이 막힌 나는 "할머니"하고 절규하며 큰절을 올렸다.

　　지난해 3월, 문화일보의 「그립습니다」 코너에 '정주영과 쌀집 할머니'라는 제목으로 글을 쓴 적이 있다.
　　할머니에 대한 그리움을 절절히 써 내려간 이 글의 반향이 의외로 좋았다. 친구나 선후배들이 격려와 함께 책 출간을 권유했다.
　　주저하고 있을 때 중앙일보 후배인 손장환 LiSa 대표가 정리를 자청했다. 그래. 쌀집 할머니 손자이자 평생 스포츠 기자로 정주영 회장을 가까이 지켜본 내가 책을 써야지.

　　할머니에게 직접 들은 정주영 이야기부터 체육인 정주영, 정치인 정주영, 아이디어맨 정주영 등 에피소드를 모으기 시작했다.
　　정주영 회장의 측근들, 요즘 말로 '정핵관'들을 직접 만나서 숨겨진 에피소드들을 발굴했다. 이들은 한결같이 정주영을 '창조적인 천재', '진취적인 천재'라는 데 이의를 달지 않았다. 의리와 정이 가득했던 보스에 대한 그리움은 서거 20년이 지났어도 넘쳐흘렀다.

* * *

인터뷰에 응해주신 모든 분께 감사드린다.

이병규 문화일보 회장, 이익치 전 현대증권 회장, 이충구 전 현대자동차 사장, 유병하 전 현대석유화학 사장, 윤만준 전 현대아산 사장, 이영만 전 경향신문 사장, 정신모 전 서울신문 편집국장, 이연수 전 외환은행 부행장, 배순학 전 대한체육회 사무총장 등 이분들의 도움이 없었다면 책 출간은 어림도 없었다.

* * *

평생 나의 옆을 지켜주며 책 출간을 격려해준 내자內子 남년우 님께 감사한다. 생전에 정주영 회장이 변중석 여사에게 고생시켜 미안하다며 큰절을 한 적이 있다고 한다. 나도 큰절을 하고 싶다.

나이 80이 다 되어 책 쓴다고 끙끙대는 나를 열심히 응원해준 아들 정택(동국대 교수), 며느리 김주연(서울시립대 교수), 딸 영주

(국립현대미술관 학예연구사)에게 감사한다.

외동 며느리로서 혼자 할머니 수발하면서도 자식과 손자들을 끔찍이 사랑하신 어머니를 생각하면 가슴이 뜨거워진다.

기자인 외삼촌을 부러워하다가 자신도 기자가 된 조카 김윤수 채널A 앵커. 앞으로 책도 많이 쓰는 훌륭한 기자가 되길 바란다.

그리고 시원이. 주말마다 찾아와 매주 업그레이드된 재주로 할아버지를 깜짝깜짝 놀라게 하는, 사랑스러운 손녀다.

"시원아, 할아버지 책 썼다."

2022년 10월 7일
이민우

저자만 쓸 수 있는 보석 같은 책

고 정주영 명예회장이 서거하신 지 벌써 21년이 지났다. 대학을 졸업하고 1969년에 현대자동차에 입사했으니 정 회장님과의 인연이 50년도 넘은 셈이다.

대한민국 첫 독자개발 자동차인 포니 개발에 전력을 다할 때 나는 말단 대리였음에도 정 회장님을 가까이서 볼 수 있었다. 첫인상은 무서웠던 걸로 기억한다. 그러나 시간이 지날수록 그의 세심함에 빠져들었다. 일이 잘 풀리지 않을 때마다 옆에 다가와서 "그럼 이제 어떻게 하면 좋을까"라며 조곤조곤 말씀하시던 모습이 생생하게 떠오른다. 때로는 "이렇게 하면 어떨까"라며 자신의 아이디어를 제시하며 도와주려고 했다.

정주영 회장은 천부적인 탤런트였다. 인터뷰를 진행했던 방송국 PD가 "NG가 한 번도 없었다"라며 고개를 절레절레 흔들던 장면이 생각난다. 그는 사업에서도 평생 NG를 내지 않았다.

저자는 나의 경기고 동기동창이다. 학창 시절부터 활동적이었고, 마당발이었다. 그가 기자가 됐다는 소식을 들었을 때 자기 적성에 딱 맞는 직업을 찾았다고 생각했다.

그가 정주영 회장에 관한 책을 쓴다고 했다. 나하고 인터뷰도 했다. 솔직히 큰 기대는 하지 않았다. 나는 정 회장의 자서전은 물론 그에 관한 책은 거의 봤다. 내가 모르는 정 회장 이야기는 별로 없다고 생각했다.

그가 나에게 추천사를 부탁하며 원고를 보내왔다. 깜짝 놀랐다. 내가 모르는 이야기가 이렇게나 많다니. 할머니와 정 회장 간의 숨겨진 이야기는 저자 외에는 누구도 알 수 없는 보석과도 같은 내용이다. 내가 알지 못했던 정주영의 새로운 모습을 발견했을 때의 기쁨은 아무도 짐작하지 못할 것이다. 에피소드 중심으로 엮어간 스토리는 딱딱하거나 지루하지 않다. 재미있고, 감칠맛이 있다. 역시 기자가 쓴 글이라서 다르다.

　저자는 이 책을 쓰게 된 계기가 대한민국의 젊은이들이 정주영을 모른다는 사실에 충격을 받았기 때문이라고 했다. 저자에게 무한한 감사를 보낸다. 정주영 회장을 가까이에서 모셨던 우리가 해야 할 일을 저자가 대신 한다는 생각이 들어서다.

이충구
전 현대자동차 사장

일화로 보는 '인간 정주영'

영국 출장 중에 만났던 데이비드 기자는 정주영 회장의 오랜 팬이었다. 그는 정 회장이 거북선이 그려진 지폐를 내세워 조선소를 지을 차관을 얻어낸 일화도 알고 있었다. 그는 정 회장에 관한 책이 '기껏 수십 권'이라는 사실을 믿을 수 없다고 했다. 영국이라면 여러 개의 '정주영 연구소'가 설립되고, 그의 일거수일투족을 분석한 책이 수백 권은 나왔을 것이라고 했다.

우리는 정주영을 그저 무일푼에서 현대그룹을 일군 재벌 회장쯤으로 알고 있다. 우리 사회가 재벌 회장을 좋게 생각하지 않기 때문이다. 시대상이 그랬기에 누구를 탓할 순 없다. 그래서 정주영 평전이 많지 않다. 그것도 대부분 현대에서 만든 '관제'평전이다.

이 책 『'정주영이 누구예요』도 정주영을 다룬 책이다. 하지만 전혀 다르다. 꾸미거나 영웅시하려는 의도가 전혀 없다. 훗날 기자가 된 '쌀집 아주머니의 손자'와 정 회장을 가까이에서 접한 보통 사람들의 증언을 담담하게 담아냈을 따름이다.

수많은 정주영 관련서들이 놓친 인간 정주영을 인간답게 바라볼 수 있고, 그의 천재적 창조성, 진취적 기상이 어디에서 비롯된 것인지를 알 수 있다.

쌀집 종업원 정주영, 서울올림픽 개최를 이끈 체육인 정주영, 반값 아파트를 제시한 정치인 정주영, 황소를 끌고 판문점을 넘어간 통일 페이스 메이커 정주영, 불가능한 일도 아무렇지 않게 성공시킨 실천자 정주영의 참모습이 수많은 에피소드 속에 잘 펼쳐져 있다.

저자 이민우 씨는 현역 시절부터 익히 알고 지낸 선배 기자다. 그는 남이 잘 보지 못하는 뒤편을 잘 본, 특별한 기자였다. 모든 이야기에 그의 세심함이 군데군데 잘 녹아있다.

　정주영이 누구인가를 굳이 알 필요는 없다. 그러나 정주영이라는 사람이 어떤 일을 어떻게 했는지를 아는 건 매우 의미 있는 일이다. 나의 인생을 새롭게 그릴 수 있는 그림들이 모여 있기 때문이다. 그래서 감히 모두의 일독을 권한다.

이영만
전 경향신문 사장

차례

1부

정주영과 쌀집 할머니

1957년 현대건설 동구릉 야유회 때 정주영 회장은 할머니를 초청했다. 야유회 도중
정 회장이 "아주머니, 저랑 사진 한 장 찍으시죠"해서 찍은 사진이다.
이 사진은 아산병원 정주영 기념관에도 전시돼 있다.

운명적인 만남

할머니는 한눈에 알아봤다. 기골이 장대해 꽤 힘을 쓸 것 같았다. 덩치는 남산만 한데 하회탈같이 웃는 모습이 순진해 보였다. 강원도 시골 청년은 힘쓰는 쌀집 배달원으로 안성맞춤이었다. 말을 나눠보니 믿음도 갔다. 바로 일을 하라고 했다. 어린애같이 좋아했다. 얼굴은 촌스럽게 생겼는데 눈빛은 살아있었다. 꾹 다문 입매에서 범상치 않은 기운이 느껴졌다.

'정주영의 쌀집 아주머니'인 차소둑 할머니와 정주영 회장의 기나긴 인연은 이렇게 시작됐다. 할머니 나이 마흔, 정주영 스무 살 때인 1934년이었다.

고향인 강원도 통천군 송전면 아산峨山리를 떠난 정주영은 이곳저곳 막노동을 하다 경성에서 할머니가 운영하던 쌀가게(복흥상회)를 찾아왔다. 할머니는 그 6년 전인 34세 때 청상과부가 되어 남편이 남겨준 쌀가게와 정미소(이창 정미소)를 운영해야 했다. 혼자서 딸과 아들을 키우려면 달리 방법이 없었다. 시아주버니와 친척들이 도와주긴 했으나 여전히 벅찬 일이었다.

"참 힘도 세고, 부지런한 사람이었어. 쌀 두 가마니를 양어깨에 짊어질 정도로 힘이 장사였지. 새벽같이 일어나 가게 주위를 깨끗하게 쓸고 물을 뿌렸어. 남들 잘 때 혼자 일어나 일할 준비를 다 한 거지. 종업원이 7명 정도 있었는데 제일 막내가 주인공 역할을 하는 거야."

할머니는 훗날 "'될성부른 나무는 떡잎부터 알아본다'라는 속담이 바로 이 양반을 보고 하는 말이었어"라고 술회하셨다.

할머니는 그에게 글씨를 써보라고 했다. 청년 정주영은 한글은 물론 한자까지 척척 써 내려갔다.

"소학교만 다녔다는 말이 믿기지 않을 정도로 깜짝 놀랐어. 글씨도 큼직큼직하게 써서 얼마나 마음에 들었는지 몰라. 머리도 좋은 사람이라고 생각했지."

정주영은 계산도 빨랐다. 치부책(장부)을 맡겼더니 깔끔하게 정리했다. 배달, 회계, 창고정리 등을 전부 만족스럽게 처리했다. 할머니는 정주영이 너무 기특하게 일을 잘해서 식사 때마다 밥을 한 그릇씩 더 퍼주었다고 했다.

***

　정주영 회장은 1981년 강원도 경포대에서 열린 현대 신입사원 연수회에서 자신의 쌀집 점원 시절 이야기를 처음 꺼냈다.

　"처음엔 배달꾼이었습니다. 복흥상회라는 쌀 도매상에서 배달원을 모집한다기에 얼른 뛰어갔어요. 다행히 주인아주머니가 보자마자 일을 하라고 했어요. 이창 정미소를 같이 운영하는 이 쌀가게는 매일 재고와 현금, 외상 등 숫자를 맞춰야 하는데 창고가 정리가 안 된 채 뒤죽박죽이었어요. 그래서 한눈에 알아볼 수 있도록 정리한 겁니다. 쌀은 열 가마씩 줄을 지어서 쌓고, 팥·깨 등도 보기 좋게 따로 놓고, 쌀은 얼마, 참깨는 얼마 하고 적어 놓았어요. 주인아주머니가 보더니 너무 좋아하는 거예요. 그러더니 나보고 글을 한 번 써보라는 겁니다. 글 쓰는 건 자신 있었어요. 다섯 살 때부터 3년 동안 서당을 다니면서 천자문, 명심보감, 동몽선습, 소학 등을 다 써봤으니까. 그 뒤 아주머니가 치부책을 나에게 주셨죠."

　이후 정 회장은 장부 정리는 물론 경리 일까지 보게 됐다.

　"경리 일을 보라고 했을 때 얼마나 좋던지요. 펄쩍펄쩍 뛰었다니까요. 주인에게 인정받은 것도 좋았고. 그래서 뭐든지 더 열심히 일했습니다."

　정 회장은 '부지런하고 성실한 인재'를 강조할 때마다 어김없이 자신의 쌀집 경험을 풀어놓았다. 이 일화를 통해 나의 할머니, 쌀집 아주머니인 차소둑 할머니의 존재가 세상에 알려졌다.

* * *

할머니는 장손인 나와 증손자인 내 아들을 모두 끔찍하게 사랑하셨다. 내가 초등학교 다닐 때는 눈이 오나 비가 오나 30분 거리인 학교까지 따뜻한 점심 도시락을 손수 갖다주셨다. 1년간 계속된 할머니의 '도시락 셔틀'은 학교에서 모르는 사람이 없을 정도로 유명했다.

우리 내외가 맞벌이할 때는 증손자가 초등학교에 입학할 때까지 7년간 업어 키우는 등 지극정성으로 돌봐주셨다. 증손자는 증조할머니의 음덕으로 현재 부부가 대학교수로 잘 지내고 있다.

할머니가 돌아가신 뒤 묘비에 「여기 자식들을 지극정성으로 사랑하신 차소둑 할머니 잠드시다」라고 썼다.

이같이 자애로운 할머니는 정주영 회장과 부인 변중석 여사에게도 성의껏 잘하신 것 같다. 할머니는 후에 정 회장의 청운동 자택을 아침이고 낮이고 수시로 드나드는 특권을 누리셨다. 변 여사는 물론 일하는 아주머니들도 쌀집 할머니를 식구처럼 대했다.

내가 '정주영'이라는 이름을 처음 들은 것은 한국 전쟁이 끝난 뒤 초등학교에 다닐 때였다. 할머니는 쌀집에서 일했던 일꾼 이야기를 자주 하셨다. 현대건설이라는 큰 회사를 차렸다거나, 무슨 큰 공사를 맡았다는 등 소소한 것까지 이야기보따리를 풀어놓으셨다.

1958년에 준공된 제1 한강교(현 한강대교)의 입찰가격을 지금까지 기억하고 있다. 애초 첫 낙찰회사는 단돈 1원을 입찰가격으로 써낸 흥화공작소였다. 그러나 국가에서 이를 취소하고, 재입찰한 결과 7,800만 원을 써낸 현대건설에 낙찰된 것이다. 이것이 현대건설이 전국에 이름을 알리게 된 계기였다.

***

다시 할머니의 옛이야기로 돌아간다. 정주영의 일대기를 다룬 드라마에도 나왔던 자전거 소동이다.

"장맛비가 억수같이 쏟아지던 6월 하순이었어. 왕십리 큰 집에 쌀 한 가마니하고 팥 한 말을 배달할 일이 생겼어. 자전거 탈 줄 아냐고 물었지. 일을 시작한 지 얼마 지나지 않았을 때였어. 탈 줄 안다고 해서 배달을 시켰지. 그런데 오전에 나간 사람이 저녁이 다 되어도 돌아오지 않는 거야. 사고라도 난 게 아닌지 크게 걱정했지."

당시 쌀집이 수도극장(후에 스카라 극장) 건너편(현 중구 인현동 1가 128)에 있었으니 왕십리까지는 꽤 먼 거리였다.

날이 어둑해져서야 진흙투성이가 되어 쌀집에 돌아온 정 회장의 몰골은 말이 아니었다. 물에 빠진 생쥐 꼴이었다. 어떻게 된 일이냐고 다그치니 사실은 자전거를 타 본 적이 없다는 고백이 돌아왔다. 그까짓 자전거가 별거냐고 생각했고, 못 탄다고 하고 싶지도 않았단다. 정주영 회장의 "이봐, 해봤어?"라는 도전 정신은 타고난 성품이었다.

자전거는 끌고 가면 될 줄 알았다. 비가 내려 질척거리는 길에서 이리 비틀, 저리 비틀하다가 광무대(1920년대 창극과 신파극 등을 공연하던 극장. 을지로 3가에 있었다. 1930년 화재로 사라졌으나 여전히 그 일대를 광무대 앞이라고 불렀다) 앞에서 나동그라졌다. 정주영은 진흙탕에 널브러진 자전거를 세워 쌀가마니를 다시 실었고, 그 후에도 두 차례나 더 쓰러지면서도 끝내 쌀 배달에 성공했다.

"거짓말을 한 거였어. 강원도 촌사람이 자전거를 타봤겠나. 자전거는 망가지고 배달한 쌀가마는 온통 진흙탕에 젖었겠지. 그러나 끝까지 포기하지 않고 기어코 배달하고 왔으니 가상하다고 할까. 이 젊은이는 범상한 사람이 아니구나 하는 생각이 들었지."

그날 이후 정 회장은 자기보다 나이 많은 직원에게 조르다시피 해서 매일 저녁 쌀가마니 싣고 자전거 타는 연습을 열심히 했다. 몇 달 지나지 않아 쌀 두 가마 정도는 거뜬히 싣고 경성 장안을 누비는 자전거 선수가 됐다. 그의 사전에 불가능은 없는 것 같았다.

***

세간에 잘못 알려진 사실을 바로잡아야겠다. 예전에 정주영 회장의 일생을 그린 TV 드라마가 있었다. 쌀집 주인이 술·여자와 도박을 좋아하는 아들에게 쌀집을 물려주지 않고 정 회장에게 넘겨줬다는 내용이었다. 정 회장 자서전에도 일부 이런 내용이 나온다. 아마 대필한 사람(김수현 작가)의 실수가 아닌가 싶다.

드라마에서 쌀집 주인으로 나온 남자는 나의 큰할아버지다. 젊은 나이에 청상과부가 된 제수(할머니)의 정미소 운영을 도와준 사실을 혼동한 것 아닌가 싶다.

정 회장과 동갑내기인 '주인집 아들'은 큰할아버지의 아들로 나에게는 당숙이 된다. 차소둑 할머니의 외아들인 나의 아버지는 1919년생으로 정 회장보다 네 살이나 어리다. 아버지는 당시 양정고보 학생이었고, 마라토너 손기정과 동기동창이다. (손기정은 1912년생으로 동기생들보다 나이가 훨씬 많았다.)

정 회장은 일이 없으면 아버지를 자전거에 태워 만리동 고개까지 등교시켜주었다고 한다. 아버지는 일본 중앙대에서 경제학을 전공한 뒤 나중에 현대건설 경리 부장으로 근무하셨다.

종업원과 주인집 도련님에서 사장과 부장으로 입장이 완전히 바뀌었으니 인생사란 아무도 모르는 일이다.

쌀집 연극단

　정주영 회장의 학력은 고향 통천에서 송전소학교를 나온 게 전부다. 하지만, 다섯 살 때부터 3년간 서당을 다니며 천자문과 명심보감, 동몽선습, 소학을 공부했다. 정 회장의 학습 의욕은 자타가 공인할 정도였는데 어린 나이에도 아산리 이장 집에만 배달되던 신문(동아일보)을 빌려서 열심히 봤다고 했다.

　쌀집에서 일할 때도 마찬가지였다. 할머니는 "이 양반은 무엇이든 배우는 걸 아주 좋아했어"라고 회고했다.

　"쌀 한 가마니에 12원 할 때 월급이 18원 정도 됐을 거야. 배달부 월급은 그것도 안 됐는데 경리 일을 하니 좀 더 많이 줬지. 그런데 지독히 검소했어. 다른 직원들이 일 년에 서너 번씩 고향에 갈 때도 돈 아끼느라 한 번 갈까 말까 했어. 다른 직원에게 들은 얘기인데 다들 밤참을 사 먹어도 꾹 참고 안 먹더래. 그리고 뭐 소설책을 많이 사봤다나. 네 아버지가 보던 소설책도 많이 빌려다

봤대."

할머니는 정 회장이 노래를 참 못 불렀다고 기억했다. 모두 얘기하는 음치였다.

"하루는 쌀집 일이 다 끝난 다음 일꾼들끼리 막걸리를 사놓고 놀았어. 안주하라고 전을 좀 부쳐서 갖고 갔지. 술이 얼큰하게 취한 일꾼들이 노래를 부르는데 아, 이 양반이 노래를 너무 못하는 거야. 나는 웃음을 참고 있는데 다른 일꾼들이 놀리곤 했었지. '힘도 세고, 글씨도 잘 쓰고, 재주도 많고, 아는 건 많은데 노래는 못하네'하고 생각했어. 자기가 서당 다니면서 글을 외울 때 하도 소리를 꽥꽥 질러대는 바람에 목청이 나가서 노래를 못한다고 하더라고."

그런데 한참 나중인 1984년 연말, 평창동 현대 영빈관에서 열린 송년회에 초대받아 다녀오신 할머니가 "나 오늘 깜짝 놀랐다"라고 하셨다. 정말 놀란 표정이었다.

"오늘 정 회장이 기분이 좋았는지 노래를 서너 곡이나 불렀어. 뭐냐 그 '쨍하고 해 뜰 날'이런 노래였는데(함께 송년회에 다녀오신 아버지께 물으니 '가는 세월', '이거야 정말', '나를 두고 아리랑'등을 불렀다고 했다) 너무 잘 부르는 거야. 아니, 저 양반 노래 못 불렀는데. 그래서 내가 직접 어떻게 된 거냐고 물어봤지. 그랬더니 '아주머

니, 저만큼 열심히 노래 배운 사람 없을 겁니다'라고 해. 사우디에
갔을 때 차에 테이프 틀어놓고 계속 열심히 따라 불렀더니 노래
를 잘하게 됐다는 거야. 참 대단한 양반이야."

할머니는 일과가 끝나면 항상 신문을 읽고 있던 정 회장의 모습
을 기억했다.

"신문을 왜 그렇게 열심히 보냐고 물었더니 신문을 봐야 세상
돌아가는 걸 알 수 있다고 하더라고. 예전에 서당에서 공부해서
그런 건지 신문을 많이 봐서 그런 건지 이것저것 아는 게 많았어.
역사도 잘 알았고, 낯선 동네에 가더라도 저게 무슨 산이고, 여기
는 뭐가 많이 나서 유명하다는 등 아주 척척박사였지."

정 회장은 사회가 어떻게 돌아가는지 관심이 많았고, 학문에 대
한 욕구도 남달랐다. 영화나 연극에도 관심을 보여 틈만 나면 보
러 다녔다고 한다.

*　*　*

1913년 일본인 거주지인 을지로에 국도극장이 들어섰다. 그리
스풍의 멋진 대리석 건물이었다. 2년 후에는 우미관이 생겼으나
국도극장이나 우미관은 모두 일본인들의 문화생활을 위해 세워
진 것들이었다.

1919년 3·1 만세운동이 일어난 뒤 일제는 조선 통치의 기조를

무단 정치에서 문화 정치로 바꾸기 시작했다. 1922년 조선극장을 시작으로 영화관이 차례로 세워져 서양 영화들을 상영했다. 그때까지 한국 영화는 무성영화였으며 변사가 더빙하던 시대였다.

정주영 회장이 쌀집에서 일하던 1935년에 획기적인 일이 생겼다. 최초의 연극전용 극장인 동양극장이 서대문(현재 문화일보 자리)에 세워진 것이다. 또 나운규가 감독과 주연을 맡은 영화 〈춘향전〉이 종로 3가 단성사에서 상영됐다. 당시 얼마나 많은 관객이 단성사에 몰렸는지 기마대가 출동해서 정리했다는 기록이 있다.

쌀집에서 단성사까지는 걸어서 30분도 걸리지 않는다. 배우려는 의욕이 넘쳤던 정 회장은 문화적인 관심도 대단해서 일이 끝난 뒤 짬을 내서 기어코 〈춘향전〉을 보고 왔다.

여기서부터는 할머니의 기억이다. 할머니는 정 회장이 영화를 보고 온 줄 몰랐다.

어느 날, 종업원들끼리 연극을 한다고 하더란다. 쌀집 종업원들이 무슨 연극을 한다고 그러나 하고 알아보니 모두 정 회장의 작품이었다. 〈춘향전〉 영화를 보고 온 정 회장이 자기가 직접 대본을 쓰고, 연출까지 맡아서 종업원들에게 배역을 맡기고 연습을 시킨 것이었다. 춘향전 연극을 한다고 동네방네 떠들썩하게 광고를 한 덕분이었는지 쌀집에는 제법 많은 사람이 모였다.

연극을 본 할머니는 깜짝 놀랐다. 종업원들끼리 장난 삼아 하는 연극이겠거니 해서 별 기대를 하지 않고 봤는데 제법 격식을 갖춘 연극이었다. 대부분 직접 연극을 본 적이 없는 동네 사람들은 크게 웃고 떠들고 손뼉을 치며 좋아했다.

할머니는 "학교도 제대로 다니지 않은 사람이 어떻게 연극을 할 생각을 하고, 대본도 직접 쓸 수 있었는지 귀신에 홀린 것 같았다"라고 말했다.

역시 범상치 않은 사람이라고 생각했음은 물론이다. 그 후 한동안 정주영이 이끄는 쌀집 연극단의 주말 공연은 계속됐다.

변중석 여사

정 회장은 1938년 1월에 변중석 여사와 결혼했다. 할머니는 정 회장과 함께 강원도 통천의 시골집까지 직접 가서 결혼식에 참석했다고 했다. 종업원의 결혼식에 참석하려고 주인아주머니가 경성에서 통천까지 종일 기차와 버스를 타고, 산길을 걸어갔다는 사실은 할머니가 정 회장을 특별한 존재로 인정하고 있었다는 증거다.

할머니는 그날 눈이 너무 많이 왔다고 기억했다.

"통천역에서 내려 30리 길을 걸어갔어. 눈이 너무 많이 와서 주변이 온통 하얀 눈밭이었지. 30리 길이면 그냥 걸어도 먼 길인데 발목까지 푹푹 빠지는 눈길을 걸었으니 오죽 힘들었겠냐."

당시 할머니의 나이가 마흔네 살이었다. 이 말 할 때의 표정이 정말 힘들었음을 짐작하게 했다. 할머니의 말을 들으면서 그 고생하면서 종업원 결혼식에 참석했다는 게 솔직히 이해되지 않았다. 나라면 과연 그렇게 했을까?

할머니는 결혼식 장면도 또렷이 기억했다.
"결혼식을 하는데 거기에 꿩이 얼마나 많던지 하얀 눈밭을 막 날아다녀. 마치 참새처럼 날아다니더라니까. 색시를 처음 봤는데 참 착하고 순하게 보였어."
할머니는 정 회장의 아버지는 말이 없고 점잖은 양반인데 어머니는 키도 크고 인물이 훤해 정 회장이 어머니를 많이 닮은 것 같았다고 했다.

정 회장은 그 전해인 1937년 겨울에 아버지가 선을 보러 오라고 했다며 시골에 다녀왔다. 변 여사 친정과 같은 마을에 살았던 정 회장 숙부가 다리를 놓았다고 했다. 신부 집안에서는 처음에 반대했는데 정 회장과 송전소학교 동창인 오빠가 믿을 만한 사람이라며 어머니를 설득해서 결혼하게 됐다고 한다.
"이 양반이 선을 보고 오더니 엄청나게 들떠 있어. 안 하던 실수도 하고. 그러더니 결혼하겠대. 동짓날에 선을 봤는데 다음 해 정월 초여드렛날로 결혼식 날을 잡았다니 깜짝 놀랐어. 그런데 결혼식 때 신부를 보니까 첫눈에 마나님한테 홀딱 반했구나 싶었지."

아버지가 나에게 해준 이야기다.

"결혼식 전에 정 회장이 가게에서 나를 보더니 대뜸 '너 연극 대본 하나 쓰라'고 하는 거야. 갑자기 뭔 소린가 하고 눈만 끔뻑끔뻑하고 있으니까 '양정고보 다니니까 많이 알 거 아니냐. 결혼식 피로연에 연극 한 편 올리고 싶으니까 네가 대본 하나 써줘'이러는 거야."

양정고보 다니는 엘리트니까 연극 대본 정도는 단번에 쓱쓱 쓸 줄 알았나 보다. 하지만, 연극 대본을 써본 적이 없던 아버지는 밤새 끙끙대다가 겨우 써 주었다.

"나중에 들어보니까 그 대본을 자기가 마저 완성해서 피로연에서 기어코 연극을 했다는 거야. 신랑이 직접 대본을 써서 피로연에서 연극을 한다는 게 보통 사람이 할 수 있는 생각이겠어? 뭐든지 배우는 데 열심이었고, 실행력도 대단한 분이셨지."

* * *

할머니가 결혼식에 참석한 인연으로 변 여사는 할머니를 친정 어머니처럼 대했다고 한다. 할머니는 변 여사를 '마나님'이라고 불렀다.

"정 회장이 다 좋은데 여자 문제가 복잡했잖아. 호걸은 여자를 좋아한다더니 이 양반이 딱 그거야. 열여덟 살 어린 나이에 시집 온 마나님이 얼마나 마음고생이 심했겠어. 마나님 심성이 워낙 고

와서 누구한테 말도 못 하고 끙끙 앓고 있다가 나를 만나면 속마음을 털어놓는 거야. 내가 친정엄마 같다나. 눈물을 뚝뚝 흘리는데 내가 얼마나 마음이 아팠겠니. '영웅호걸이 큰일을 하다 보면 이런저런 사연이 있는 거겠지'라며 등을 토닥거려 줬어. '나는 서른네 살에 청상과부가 됐는데 그래도 나보다는 나은 거 아니냐'하고 말하니 그제야 눈물을 훔치고 '죄송합니다. 감사합니다'그래. 속상한 일을 나한테 털어놓고 나면 속이 후련하다고 그랬어."

의리의 정주영

정주영 회장이 복흥상회에서 일한 기간은 불과 3년 정도다. 제 2차 세계대전이 일어나면서 일제의 탄압이 극심해졌다. 비행기와 탱크를 만들기 위해 닥치는 대로 쇠붙이를 거둬들였다. 정미소 기계도 압수해가고, 철문도 뜯어갔다. 도저히 쌀집과 정미소를 운영할 상황이 아니었다. 할머니는 눈물을 머금고 문을 닫아야 했다.

정 회장의 사업 수완이 발휘된 것은 이후였다. 3년 동안 억척같이 일하고, 구두쇠처럼 돈을 모아 이미 고향에 30마지기의 논을 마련해놓았다고 했다. 이 땅을 밑천으로 삼고, 복흥상회 단골손님을 그대로 이어받아 1938년 1월, 만 23세에 신당동에 '경일京一 상회'라는 쌀가게를 차렸다. '경성에서 제일인 쌀가게'라는 뜻이었다.

할머니의 기억이다.

"쌀집 문을 닫으니 점원들이 다 뿔뿔이 흩어졌지. 마음은 아팠지만, 어쩔 도리가 없었어. 그런데 어느 날 정 회장이 찾아와서는 자기가 쌀집을 차렸다고 하는 거야. 정말 잘했다고, 당신은 장사 잘할 거라고 말해줬지."

'정주영이 일 잘한다'라는 평판은 이미 자자했기에 경일상회의 매출은 점점 늘어났다. 정 회장은 서울여상과 배화여고 기숙사에 쌀을 고정으로 납품했다. 기숙사 고정 납품을 따낸 것은 대단한 사업 수완이었다. 이때의 경험이 나중 현대 시절 각종 입찰에서 보여준 그의 탁월한 실력의 바탕이 되지 않았나 생각한다.

불과 1년 뒤인 1939년, 일제가 전시 군량 확보를 위해 쌀 배급제를 실시하면서 정 회장은 쌀가게 문을 닫고 1940년 자동차 정비공장인 '아도 서비스'를 인수, 본격적인 사업을 벌이게 된다.

* * *

정 회장은 매년 명절 때는 물론이고, 다른 사업을 시작할 때마다 할머니를 찾아뵙고 소식을 전했다고 한다. 이건 정말 쉽지 않은 일이다. '조그만 은혜라도 반드시 갚는다'라는 정 회장의 의지 없이는 불가능한 일이었다고 생각한다.

다시 할머니의 증언이다.

"정 회장하고 계속 가까이 지내고 왕래가 있으니까 마치 우리

살붙이 같았어. 처음에 정 회장 사무실이 명동 삼화빌딩 자리에 있었거든. 명동 나갈 일이 있으면 간 김에 정 회장 만나러 갔었지. 보고 싶으면 연락도 안 하고 그냥 찾아갔어. '쌀집 아주머니'라고 하면 그냥 통과야. 나중에는 다 내 얼굴을 아니까 아무도 잡는 사람이 없었지. 사장실 문을 열고 들어가면 이 양반이 내가 민망할 정도로 벌떡 일어나. 내 손을 잡고는 '아주머니, 갈비 먹으러 가십시다'하면서 명동에 나가서 갈비를 실컷 사주곤 했어. 오랜만에 갈비를 먹고 배가 부른데 '아주머니, 갈비 잡숫고 싶으면 언제든지 오세요'이러는 거야. 옛날 조그만 인연을 잊지 않고 계속 챙겨주니 고마울 따름이었지."

정주영 회장은 나중에 현대그룹 회장이 됐을 때도 똑같이 할머니를 챙겼다. 명절 때는 물론 집안의 대소사에 잊지 않고 할머니를 초대했다. 할머니는 "청운동 자택에 자주 가다 보니 꼭 아들 집에 가는 기분"이라며 "내가 늙으니까 이 양반이 우리나라 최고의 대기업 회장이라는 걸 자꾸 잊어버려"라고 말하곤 했다.

할머니는 돌아가시기 전까지 1984년 송년회 이야기를 자주 했다. 할머니의 구순九旬을 맞아 정 회장이 마련한 자리였다.

"비서실에서 연락이 왔어. 송년회를 하니까 아들 내외와 함께 평창동 현대 영빈관으로 오라고. 그래서 한복 차려입고 갔더니 옛날 쌀집에서 정 회장하고 같이 종업원으로 일했던 이원재 부부가 나를 보고 반갑게 인사하더라고. 또 고향 동창생 몇 명까지 10명도 넘게 초대된 자리였어. 대그룹 회장이 됐으면서도 옛 인연을 잊지 않고 챙기네 하고 생각했지."

정 회장은 "아주머니 구순이라서 제가 저녁 한 끼 대접하려고 모셨습니다. 아주머니 오래오래 사세요"라고 말했다.

할머니를 모시고 갔던 아버지 말에 의하면 그 자리에 국악인 안비취 선생이 오셔서 귀한 공연을 가까이서 봤다고 자랑했다. 정 회장이 이날 모임에 신경을 많이 쓴 것 같다고 했다.

할머니는 "정 회장이 처음 쌀집에 온 지 50년 만에 쌀집 식구들이 다시 모인 셈"이라며 "북 치고 장구 치고, 노래 부르고, 참 즐거운 시간이었어"라고 회상했다.

"쌀집에서 일할 때 큰 요릿집에 가고 싶었는데 돈이 없어서 못간 얘기며, 소학교 때 같은 반 여학생을 짝사랑하던 얘기도 하면서 4시간이 넘게 신나게 놀다 왔어."

할머니는 이때가 당신의 인생에서 가장 즐겁게 놀았던 시간으로 기억했다.

"술이 한 순배 돌아 다들 얼큰해졌는데 느닷없이 정 회장이 마나님께 절을 해야 한다는 거야. 마나님이 깜짝 놀라 '절은 무슨 절이냐'고 펄쩍 뛰었지. 정 회장이 평소에 마나님 속을 많이 썩였으니까 오늘 용서를 빌어야 한다고 하더라고. 그러면서 마나님에게 넙죽 절을 하는 거야. 그러고 가만히 있을 양반이야? 거기 앉아있는 남자들한테 모두 자기 부인에게 절하라고 호통을 치더라고. 남자들이 놀라서 우르르 일어나 절했지. 부인들이 모두 기분 좋았을 거야."

"제가 이 집 사위를 노렸어요"

할머니의 큰 딸, 즉 나의 고모(이문순)는 1917년생으로 정주영 회장보다 두 살 아래였다. 나의 아버지(이금석)는 1919년생으로 정 회장보다 네 살 아래다.

공부를 잘해서 경성사범학교(서울대 사범대 전신)를 다녔던 고모는 후에 치과의사와 결혼했다. 1남 2녀를 낳고 행복하게 살던 고모의 인생은 6·25 전쟁이 일어나면서 다 망가졌다. 고모부가 납북된 것이다. 졸지에 과부 아닌 과부가 된 고모는 혼자서 자녀들을 키우며 살았다. 할머니는 똑똑하고, 공부 잘하고, 결혼도 잘한 딸이 자신과 같이 일찍 혼자 됐다는 사실에 마음 아파했다.

고모가 친하게 지내던 친구 중 여러 명이 미국 뉴욕에 이민 가서 살고 있었다. 이 중엔 고교 후배인 장택상 씨의 딸도 있었다. 친구들이 고모에게 같이 살자고 권유했는지 어느 날 고모가 혼자 뉴욕으로 가겠다고 했다.

고모가 이민 가던 날, 할머니는 정말 많이 우셨다.

1970년대 후반에 고모가 잠시 귀국한 적이 있었다. 이미 대기업 회장이 된 정주영 회장에게 연락했더니 반갑게 맞아주었다. 정 회장은 할머니와 고모, 그리고 나의 어머니를 울산에 있는 현대조선소(현 현대중공업)로 초대했다. 1974년에 준공한 현대조선소는 한국 최초의 조선소로 정 회장이 자랑하는 업적 중 하나였다. 배를 만든 경험도 없고, 신용도 없었으나 거북선이 그려진 500원짜리 지폐를 보여주고 영국에서 차관을 얻어온 일화는 유명하다. 정 회장은 이 조선소를 할머니와 고모에게 보여주며 자랑하고 싶었을 것이다.

* * *

오랜만에 고모를 만난 정 회장은 할머니에게 뜻밖의 고백을 했다.

"아주머니, 사실은 쌀집에서 일할 때 따님에게 눈독을 들였었어요. 이 집 사위가 돼서 쌀집을 물려받으면 얼마나 좋을까 하고요. 하고 싶은 공부도 할 수 있고. 그런데 주인집 따님에다가 워낙 공부를 잘하니까 언감생심 말도 꺼내지 못했어요. 말이나 해볼걸 그랬나요. 허허허."

당시 경성사범을 다니던 엘리트 고모는 쌀집 종업원을 어떻게 생각했을까. 내가 "그래서 할머니는 뭐라고 하셨냐"라고 묻자 할머니는 빙긋이 웃기만 할 뿐 대답을 하지 않았다.

그때 나는 『초한지楚漢志』를 떠올렸다. 흙수저에 한량이던 유방劉邦의 비범함을 알아채고 자기 딸을 아내로 준 여공呂公이 생각난 것이다. 만일 할머니가 여공처럼 관상에 뛰어나서 쌀집 점원 정주영을 사위로 삼았더라면 현대그룹 회장이 나의 고모부가 됐을 텐데. 그러나 역사에 '만약에'는 없는 법이다.

한 번 말문이 터진 정 회장이 또 다른 고백을 했다.
"아주머니, 말 나온 김에 또 하나 고백할 게 있습니다. 그때 쌀한 가마니 배달할 때마다 한 되씩 몰래 빼서 모았어요. 그건 모르셨지요? 그거 팔아서 종업원 모두 술집에 가서 스트레스 왕창 풀었지요. 그때 빼돌린 거 몇십 배, 몇백 배로 갚을게요. 허허."

정주영의 종교는 부모

정주영 회장의 성공 비결에 대해 많은 말들이 나돈다. 뭐든지 배우려는 자세, 성실함, 불굴의 의지, 생각의 전환, 비상한 머리, 꼼꼼함 등 나열하려면 한도 끝도 없다.

정 회장을 20대 때부터 쭉 지켜봤던 할머니는 '하늘의 복'이라는 표현을 했다.

"워낙 머리가 좋고 노력도 많이 하는 사람이니 성공할 수 있었던 거지. 그런데 정 회장은 부모에게 잘해서 복을 받은 거야. 정 회장 가족을 보면 대부분 불교나 기독교 등 종교가 있는데 정 회장 본인은 딱히 믿는 종교가 없었어. 한 번은 내가 '왜 안 믿느냐'고 물어봤더니 이 양반이 '저는 우리 아버님, 어머님을 믿습니다'이래."

장남인데도 농사짓기 싫다고 네 차례나 가출하고, 소 판 돈

70원을 훔쳐 달아났으니 부모님 속을 썩인 불효자라고 생각하기 쉽다. 하지만, 할머니는 정 회장이 부모님을 지극하게 모신 효자라고 기억했다.

"종교가 부모님이라고 말할 정도로 지극했어. 부모님 돌아가신 후에는 경기도 하남에 선영을 마련했고, 아무리 바빠도 부모님 산소는 꼭 찾아보곤 했지. 아버지 대신해서 동생들 다 뒷바라지하고. 그런 사람이 복 받는 거는 당연한 거야. 참 잘난 사람이지."

* * *

정 회장은 6남 1녀 중 장남인데 여동생인 정희영 씨와도 할머니는 매우 친하게 지냈다. 집안의 유일한 여자라서 더 친근했던 것 같다.

"여동생이 자기 어머니 얘기를 많이 해줬어. 아들이 여섯이나 있는데 어머니는 맏아들인 정 회장만 챙겼다는 거야. 맏아들 챙기는 건 당연하지 않나? 어쨌든 여동생이 보니까 가을에 타작하면 햅쌀 한 움큼을 골라 물에다 한 100번은 씻더래. 그렇게 정성스럽게 씻은 쌀을 놋그릇에 담아 상에 올려놓고 찬 바람이 쌩쌩 부는데도 계속 절을 하면서 '우리 주영이 잘 되게 해주세요'하고 빌었대."

어린 딸이 보기에도 편애가 너무 심하다고 생각했는지 하루는 정희영 씨가 "아들이 많은데 엄마는 왜 큰오빠만 위해 비냐"라고 따졌다. 그러니까 어머니가 "맏이가 잘돼야 집안이 일어난다"고 대답하더란다.

"큰오빠가 경성에서 직장도 구하고 월급도 받는다는 소식을 듣고 어머니가 '우리 주영이가 경성 가서 성공했다'며 그렇게 좋아할 수가 없더래. 우리 집에서 잘 지낸다니까 그 어머니가 나에게 뭘 많이 보내줬어. 정 회장이 1년에 한 번 정도 집에 갔다 올 때마다 어머니가 보내는 거라며 바리바리 들고 왔지. 그 안에 명란젓이며 말린 산나물이 한가득 들어있었어. 그 명란젓하고 가자미식해 참 맛있었는데."

할머니는 또 "여동생이 말하던 꿈 얘기가 자꾸 생각난다"고 했다. 정 회장이 보문동에서 살다가 그 집을 여동생에게 주고 집을 옮겼는데 여동생이 이사 온 첫날 밤에 꿈을 꾸었다는 것이다. 대문에서 누군가 정주영을 불러서 나가 봤더니 흰 수염을 길게 내려뜨린 할아버지가 성냥갑 세 통을 주면서 정주영에게 주라고 했다는 내용이다.

할머니는 "꿈에 성냥 한 갑만 받아도 부자가 된다는데 세 갑이나 받았으니 하늘에서 주신 복이지 뭐야"라고 해석했다. 정희영 씨는 현대그룹이 어려울 때마다 이 꿈 얘기를 하며 "오빠 회사는 불같이 다시 일어날 것"이라고 자신 있게 이야기하곤 했다.

정희영 씨는 할머니가 돌아가시기 불과 한 달 전에도 집에 찾아왔다. 할머니는 고관절이 부러져 3년째 누워계신 상태였다. 희영 씨는 할머니 베개 밑에 봉투를 집어넣더니 두 손을 잡으며 "아주머니, 이걸로 맛있는 거 사 잡수세요. 돌아가시면 저 안 올래요"라며 위로 말씀을 건넸다. 희영 씨가 돌아간 뒤 봉투를 확인하니 빳빳한 1만 원짜리 신권으로 100만 원이 들어있었다. 1989년이었다.

지금 생각해도 정 회장은 물론 형제자매 모두 의리와 정이 가득한 분들이다. 할머니가 돌아가셨을 때 7명 모두가 한 명도 빠지지 않고 부의금을 보내왔다.

* * *

할머니는 돌아가시기 직전까지도 "정 회장은 오래 살아야 해"라고 말했다.

"얼마 전부터 나를 만나면 '아주머니 오래오래 사세요'하면서 손을 덥석 잡는데 그 큰 손에서 열이 펄펄 끓어. 그 양반은 필시 오래 살 거야. 할 일도 많고, 건강하니까 아마 백 살은 넘게 살겠지."

할머니뿐 아니라 정 회장을 아는 사람이면 누구나 그렇게 생각했다. 정 회장이 2001년에 만 86세로 돌아가실 줄은 몰랐다. 할머니는 정 회장이 자기 나이보다 오래 살지 못할 거라고는 상상조차 하지 못했을 것이다.

한국 남자의 평균 연령을 생각하면 86세가 적은 나이는 아니다. 하지만, 정주영이었기에 지금도 아쉽고, 아까운 생각이다. 대한민국을 위해 더 많은 일을 할 수 있었는데.

"내가 아주머니에게 작별 인사를 안 했어"

쌀집 아주머니 차소둑 할머니는 1989년 9월 30일, 만 94세에 돌아가셨다. 할머니의 장례는 병원이 아니라 모시고 살던 아들 집(서울 송파구 방이동 올림픽선수촌아파트)에서 치렀다.

정주영 회장은 할머니의 부음을 듣자마자 누구보다 먼저 '現代 그룹 회장 鄭周永' 명의의 조화를 빈소에 보냈다.

이틀째 되던 날, 정 회장이 불쑥 빈소로 찾아왔다. 비서 등 수행원도 없이 혼자였다. 정 회장은 할머니 영정 앞에서 정중히 절을 하더니 한참 동안 영정을 바라보았다.

상주들은 명절 때마다 잊지 않고 할머니를 챙겼던 정 회장이 직접 조문까지 와준 데 대해 깊은 감사의 인사를 전했다.

더구나 당시는 노태우 정권의 북방정책으로 소련과의 경제교류가 무르익어 가던 시절이었다. 소련과의 경제협력 주역이 정 회장이었고, 10월 3일에는 출국이 예정되어 있어 준비에 바쁠 때였다. 그런데도 정 회장은 바로 가지 않고, 10분 정도 앉아서 할머니에 대한 추억을 상주들과 공유했다.

정 회장은 유족들을 위로하고, 할머니의 생전 마지막 모습이 어떠했는지 물었다. 며느리인 나의 어머니가 "9월 초부터 밥을 드시지 못해 미음을 드시다가 일주일 전부터는 미음도 드시지 못했다"라는 설명에 정 회장은 눈을 감고, 안타까운 표정을 지었다. "어느 날인가 누워계시던 어머니가 '정 회장이 밖에 왔으니 대문을 열어두라'라고 하셨다"라고 말하자 울컥하기도 했다.

한참 동안 앉아있던 정 회장이 일어서자 내가 엘리베이터까지 모시고 가서 배웅해드렸다. 그런데 분명 엘리베이터를 타고 내려간 정 회장이 급히 돌아왔다. 깜짝 놀란 상주들이 "혹시 놓고 가신 것이 있느냐"라고 물어보니 이렇게 대답했다.

"내가 아주머니에게 작별 인사를 안 하고 나왔어."

그러곤 다시 영정을 향해 절을 하는 것이었다.

그 모습을 보던 상주들은 모두 눈물을 흘렸다. 수행 비서 없이 혼자 조문하러 온 재벌 총수, 작별 인사를 해야 한다며 다시 돌아온 정 회장의 배려에 저절로 존경이 우러나올 수밖에 없었다.

정 회장의 배려는 또 있었다. 이날 상가에는 고모도 미국에서

와있었다. 10여 년 만에 고모를 다시 만난 정 회장은 매우 반가워
했다. 얘기하던 도중 고모가 가슴이 좀 답답하다고 하자 정 회장
은 증세가 어떤지 자세히 물었다.

할머니의 5일 장이 끝난 뒤 현대 비서실에서 고모에게 연락이
왔다. 정 회장의 지시라며 아산병원에 와서 진찰을 받으라는 내
용이었다. 고모는 아산병원에 사흘 동안 입원해있으면서 정밀 종
합검사를 받았다. 고모가 미국으로 돌아가면서 정 회장에게 무한
한 감사를 전했음은 물론이다.

아주머니 가족은 나의 가족

정주영 회장은 할머니가 돌아가신 뒤에도 우리 가족들을 챙겨
줬다. 핏줄을 나눈 사이가 아닌데도 평생 가족처럼 대했다.

정 회장은 매년 1월 1일 청운동 자택에 동생들과 '몽夢'자 돌림
자제들을 불러 덕담을 나눴다. 여기에 유일한 외부인이 끼어있었
다. 바로 쌀집 아주머니 아들인 아버지였다. 아버지는 할머니가
돌아가신 뒤에도 정 회장의 초대를 받아 1월 1일 모임에 참석했
다. 나도 아버지를 모시고 몇 차례 참석했는데 중앙일보에 입사
하고 나서는 참석하지 않았다.

정 회장은 다른 사람들에게 할머니를 소개할 때 "내가 배고플
때 밥을 먹여준 분"이라고 말하곤 했다. 고작 3년간 인연을 맺었
을 뿐인데도 이렇게 후손들까지 챙기는 분은 처음 봤다.

정 회장의 배려 덕에 우리 가족 중 여러 명이 현대와 인연을 맺었다. 현대자동차공업사에 이어 1950년 현대건설을 창업한 정 회장은 현대건설 초창기에 아버지에게 경리부장을 맡겼다. 정 회장은 양정고보와 일본 중앙대를 졸업한 아버지에게 '가족'끼리 힘을 합쳐보자고 권유했다고 한다. 외삼촌은 현대건설의 태국 도로 공사 현장에서 일했고, 동생은 현대 정공에서 일했다.

나도 현대그룹에 입사할 기회가 두 차례 있었으나 이런저런 이유로 인연을 맺지 못하고 기자의 길을 걸었다. 대신 영양사인 나의 내자內子가 현대시멘트에 다녔다. 그러니 때로는 현대가 마치 친족 회사같이 느껴질 때가 있다.

정 회장이 대통령 선거에 출마했을 때는 아버지, 어머니, 내자 등이 모두 핵심 선거운동원으로 뛰기도 했다.

*　*　*

1989년 새해 첫날, 여느 때처럼 현대 가족들과 함께 하남에 있는 선영에 다녀온 아버지가 엄청나게 중요한 뉴스를 전했다.

정 회장이 가족들과 덕담 중에 "북한의 허담이 나를 만나자고 비공식 제의를 해왔어. 금강산 개발 문제를 다루자는 거야"라고 말했다는 것이다.

아직 어디에도 나오지 않은 극비의 얘기를 가족들 앞에서 부담 없이 꺼낸 것이다. 아버지는 신기하고 재미있는 이야기라며 들려줬다. 그러나 평생 기자인 나는 본능적으로 '특종'의 냄새를 맡았다.

　북한의 외교통인 허담許錟 조국평화통일위원장과 정주영 회장이 만난다. 더구나 허담이 먼저 만남을 제의했다. 내용은 금강산 개발이란다. 1970년에 북한 외교상이 된 허담은 UN 회의나 비동맹 회의 등에 북한 대표로 참석하는 등 북한 외교의 중심이었다. 김일성의 모스크바 방문과 중국 방문 때 수행하는 등 최측근이라 할 만했다. 당시는 서울올림픽이 끝난 직후였고, 노태우 대통령의 북방정책으로 인해 남북의 관계 개선을 기대하던 때였다.

　그렇지만, 북한의 최고위급 간부가 남한의 기업인을 만나자고 했다는 사실은 경천동지할 만한 일이었다. 이전까지 남북의 정치인끼리의 만남은 있었으나 기업인과 만난 적은 없었다. 만나자는 이유도 금강산 개발이라는 구체적 내용이었다. 그냥 하는 소리가 아니라 실천 가능성이 매우 컸다.

　아버지에게 이야기를 듣는 순간 심장이 뛰었다. 이건 세계적인 특종이라고 생각했다. 남북 관계는 국내 문제에 국한되지 않는다. 일본이나 미국의 언론에서 다루는 한국 관련 기사의 대부분이 북한 문제이거나 남북의 긴장, 또는 완화와 같은 것이었다.

　나는 즉시 편집국장에게 보고했다. 내가 직접 특종 기사를 쓰고 싶은 욕심이 있었으나 나는 체육 기자였기에 눈물을 머금고 경제부에 토스했다.

그러나 이 특종은 끝내 활자화되지 못했다. 경제부에서도, 정치부에서도 내용이 확인되지 않았다.

먼저 당사자인 현대그룹에서 펄쩍 뛰며 부인했다. 내용을 알고 있어도 부인했을 테지만 실제로 홍보실은 물론 현대의 임원 대부분이 몰랐을 것이다.

대북 창구인 안전기획부(현 국가정보원)도 마찬가지였다. 북한과 관련된 민감한 문제인데 이 내용을 확인해줄 리 없었다.

나는 "정주영 회장이 직접 해준 이야기"라며 특종임을 강조했으나 경제부장은 확인되지 않은 내용을 기사화할 순 없다고 말했다. 민감한 남북 관계였고, 금강산 개발 뉴스였다.

얼마 후에 정주영 회장이 방북해서 허담을 만났고, 현대가 앞장서서 금강산 개발과 관광이 이뤄졌으니 나로서는 대특종을 놓친, 천추의 한이 되는 사건이었다.

그러나 뒤돌아 생각하니 그때 기사가 나가지 않은 것이 천만다행이었다. 가족이라고 여겨서 말한 비밀이 기사화됐다면 정 회장과 아버지 사이가 매우 껄끄러워질 뻔했다.

* * *

정 회장은 역사적인 방북 길에 꿈에 그리던 고향도 다녀왔다. 정 회장은 고향에 다녀온 이야기를 역시 가족 모임에서 털어놓았다.

평양 순안 공항에 도착하니 친척 20여 명이 똑같은 옷을 입고 일렬로 서서 정 회장을 환영했다고 한다.

아산리 생가를 찾았다. 거기에는 아직 작은어머니가 살아계셨다. 정 회장은 너무 반가워서 부둥켜안았는데 작은어머니는 반기면서도 뭔가 어색한 표정이었다.

고향에 있던 친척들이 방 한쪽에 서서 "위대한 수령님 덕분에 쌀밥을 배불리 먹으며 행복하게 삽니다"라고 합창을 했다. 북한의 생활상을 뻔히 알고 있는데 40년 만에 만난 친척 앞에서 북한 정부에서 시키는 대로 입을 맞춰서 합창하니 마음이 매우 착잡했다고 했다.

새벽 서너 시쯤에 오줌이 마려워서 깼다. 화장실 가려고 나가는 순간 작은어머니가 "밖이 너무 추우니까 요강을 사용하라"라며 요강을 갖다 주더란다. 그러더니 이불을 뒤집어씌우고 밖에서 듣지 못할 정도의 작은 소리로 "하루하루 너무 배고프고 무섭다"라고 속삭였다고 한다.

이 이야기를 전하는 정 회장의 눈에도 눈물이 글썽였다는 게 아버지의 전언이다.

***

정주영 회장의 결단력, 노력과 희생을 바탕으로 남북 교류가 활발해졌다. 마침내 1998년 11월 18일 정주영 회장을 비롯한 승객 882명을 태운 '현대금강호'가 동해항을 출발, 금강산 크루즈 관광이 시작됐다. 통일도 되기 전에 금강산을 구경한다는 건 꿈에도 생각하지 못한 일이었다.

정 회장은 내친김에 99년 8월 16일부터 해금강 '말무리 해수욕장'에서 신입사원 하계수련회를 열었다. 여기에는 현대건설, 현대아산, 현대자동차, 기아자동차, 현대상선, 현대종합상사의 임원과 신입사원들이 모두 참석했다. 이들은 남북 분단 이후 처음으로 북한의 해수욕장에서 해수욕을 즐긴 대한민국 국민이었다.

우리 부부도 1999년 고교 동창 부부 일곱 쌍과 함께 금강산 관광을 다녀왔다.

'금강산 찾아가자 일만 이천 봉. 볼수록 아름답고 신기하구나.'

'누구의 주제~련가. 맑고 고운 산. 그리운 만이천봉 말은 없어도.'

노래로, 사진으로, 그림으로만 접했던 금강산을 보다니 꿈만 같았다. 코스는 제한돼 있었으나 금강산을 직접 눈으로 보는 것만도 좋았다.

금강산을 구경하면서 다시 한번 정주영 회장이 대단한 분이라고 생각했다. 동시에 할머니도 살아생전에 함께 금강산에 왔었으면 얼마나 좋았을까 생각하니 할머니에 대한 그리움이 더욱 커졌다.

2부

체육인 정주영

1984년 LA 올림픽 때 정주영 대한체육회장이 선수촌을 방문, 선수들을 격려하고 있다.

周永 名譽會長 올림픽勳章 授與

DING CEREMONY OF THE OLYMPIC ORDER FOR
HONORARY CHAIRMAN OF THE HUNDAI BUSINESS G

정주영 회장은 국제 스포츠 발전에 기여한 공로로 1998년 올림픽 훈장을 받았다.
왼쪽은 사마란치 당시 IOC 위원장

서울올림픽 유치 민간 추진위원장

나는 1974년부터 96년까지 20년 넘게 중앙일보에서 체육 기자로 일했다. 그 말은 정주영 회장이 체육인으로 활동했던 기간과 정확히 겹친다는 얘기다. 정 회장이 81년에 서울올림픽 유치를 위해 뛰면서 기어코 독일 바덴바덴에서 대역전승을 거두던 순간이나 대한체육회장으로 일할 때 가까이에서 그를 지켜볼 기회가 많았다.

나는 체육 기자 생활 중 농구를 가장 오래 취재했다. 그래서 정회장의 농구 사랑을 너무나 잘 알고 있다. 현대가 경기할 때 장충체육관과 잠실 실내경기장 VIP석에 앉아있던 정 회장을 여러 차례 목격했다.

* * *

1988년 서울올림픽 유치가 전두환 전 대통령의 작품이라고 알고 있는 사람이 많다.

'12·12 쿠데타와 5·18 민주화 항쟁 진압 후 정권을 잡은 전 대통령이 국민의 관심을 스포츠로 돌리기 위해 올림픽 유치에 전력을 다했고, 정주영 회장이 앞장서서 바덴바덴의 기적을 완성했다'라는 내용이다. 일부는 맞고, 일부는 틀리다.

서울올림픽 유치는 사실 박정희 전 대통령의 의지였다. 올림픽 개최를 계기로 개발도상국에서 선진국으로 도약하겠다는 생각이었다. 박 대통령에게 올림픽 유치 아이디어를 제공한 사람은 당시 박종규 대한체육회장으로 알려져 있다. 대통령 경호실장 출신인 박 회장은 사격연맹 회장이던 78년 세계사격선수권대회를 서울에 유치하면서 스포츠 외교에 눈을 떴다. 그는 박 대통령에게 "올림픽을 유치하면 1억 달러 이상의 이익을 가져다줄 것"이라고 설득했다.

79년 9월, 서울시장이 올림픽을 유치하겠다는 방침을 발표했으나 10월 26일 박 전 대통령의 서거로 벽에 부닥쳤다. 신문들은 일제히 '올림픽 유치 어려울 듯'이라는 기사를 내보냈고, 최규하 대통령은 80년 1월 올림픽 유치 포기를 선언했다.

80년 9월, 전두환 대통령이 취임하면서 새로운 국면을 맞게 된다. 전 대통령은 "전임 대통령이 계획한 사업을 해보지도 않고 포기하는 것은 패배주의 발상"이라며 강력한 추진을 주문했다.

하지만, 모두가 같은 뜻은 아니었다. 당시 남덕우 총리는 올림픽 반대론자였다. 경제통인 남 총리는 캐나다 몬트리올이 76년 몬트리올 올림픽 개최 이후 막대한 적자에 허덕이는 사실을 잘 알고 있었다. '올림픽 망국론'까지 꺼냈다. 더구나 한국의 유일한 IOC(국제올림픽위원회) 위원이었던 김택수 위원마저 82명의 IOC 위원 중 서울을 지지할 사람은 고작 서너 명일 거라는 비관적인 전망을 하고 있었다.

국가가 개최하는 월드컵과 달리 올림픽은 도시가 개최한다. 따라서 올림픽 유치위원장은 개최 신청 도시의 시장이 맡는 게 일반적이다. 그러나 서울시장조차 이미 77년부터 유치 준비를 해온 일본 나고야를 이길 수 없다고 생각해서 수수방관했다. 오직 주무 부처인 문교부만 모든 일을 떠맡아 끙끙대고 있었다.

* * *

81년 5월 어느 날, 문교부 체육국장이 당시 전경련(전국경제인연합회) 회장이었던 정주영 회장을 찾아왔다. 그의 손에는 '올림픽 유치 민간 추진위원장 사령장'이 들려있었다.

정 회장과는 사전에 일언반구 어떤 의논도 없었다. 정 회장이 "이런 법이 어디 있느냐"며 역정을 냈으나 체육국장은 머리만 조아릴 뿐이었다.

어찌 된 사연인지 알아보니 초조해진 이규호 문교부 장관이 관계 장관 회의에서 유치위원장을 정 회장에게 맡기자는 제안을 했다고 했다. '강인한 추진력과 기지로 현대를 세계적인 기업으로 키운 정주영 회장의 능력을 높이 평가했기 때문'이라는 이유를 달았으나 정 회장은 '망신을 당하더라도 정부가 아니라 정주영 네가 당해라'라는 뜻으로 받아들였다고 한다.

정 회장은 전두환 정권을 싫어했다. 기업 통폐합이라는 명분 아래 현대양행을 한 푼도 못 받고 통째로 뺏긴 정 회장이 전두환 정권을 좋아할 리 없었다. 그 정권이 추진하는 올림픽 유치였다. 더구나 자신에게 한마디도 상의하지 않고 덤터기를 씌웠다.

하지만, 여기에서 정주영의 돌파력이 발휘된다. 부정을 긍정으로, 안 되는 걸 되도록 만드는 능력이 그의 특기였다.

올림픽 유치? 한 번 해보자.

모든 일은 인간이 계획하기 나름이라고 했다. 적자가 나도록 계획하면 적자가 나고, 국가 재정이 파탄이 나도록 계획하면 그렇게 되는 것이다.

"유치 못 하는 게 병신이지 유치만 하면 흑자는 얼마든지 낼 수 있어."

그의 머릿속에는 이미 경기장이나 숙소는 민간 시설을 동원하고, 아파트를 지어서 선수촌과 기자촌으로 쓴 뒤 나중에 팔면 되겠다는 큰 그림이 있었다.

그해 IOC 총회는 9월이었다. 불과 4개월밖에 남지 않았다.
여기에서도 정주영의 저돌적인 '속도전'이 빛을 발했다. 정 회장은 먼저 '나는 새도 떨어뜨린다'던 안기부의 적극 협조를 다짐받았다. 그리고 자신이 진두지휘하면서 전경련 산하 기업에 각각 역할을 분담했다. 정 회장은 직접 세계를 돌아다니며 각국 IOC 위원들을 일대일로 만나 설득했다. 현대그룹의 조직과 직원들을 최대한 활용했음은 물론이다.

그 결과 다들 아는 바와 같이 바덴바덴 총회에서 52 대 27이라는 압도적인 표차로 일본 나고야를 따돌리고 올림픽 유치에 성공했다.

대한체육회장

정주영 회장은 1982년 7월 12일, 제27대 대한체육회장으로 취임했다. 서울올림픽 조직위 사무총장으로 발령 난 조상호 회장의 후임이었다.

서울올림픽 유치 추진위원장으로서 최고의 활약을 했지만, 아직 체육인이라고 부를 단계는 아니었다. 대한체육회장을 맡으면서부터 비로소 '체육인 정주영'이라는 타이틀을 붙일 수 있었다.

그러나 유치위원장도 한마디 상의 없이 정해진 것이었고, 체육회장 역시 강권으로 떠맡았다.

7월 초, 정 회장은 노태우 장관(무임소), 이원경 체육부 장관, 이영호 체육부 차관과 함께 하는 저녁 식사에 초대받았다. 인사가 끝나자마자 모두 "정 회장, 축하합니다"라고 했다. 어리둥절한 정 회장이 "축하라니 무슨 소리냐"라고 묻자 "대통령께서 정 회장을 대한체육회장으로 임명하셨다"라는 뚱딴지같은 대답이 이어졌다.

정 회장은 단칼에 거절했다.

"나는 체육에 대해 아는 것도 없고, 생각해 본 적도 없는 사람입니다."

그러나 그들은 "대통령이 결정한 일이니 받아들여야 한다"는 말만 반복했다. 오후 6시에 시작한 저녁 식사 자리가 밤 11시까지 이어졌으나 정 회장은 끝내 거부 의사를 굽히지 않았다.

이튿날 오전에 이원경 장관이 사무실로 찾아오더니 대통령이 부르니 청와대로 함께 가자고 했다. 대통령이 오라는데 안 갈 수가 없었다.

전두환 대통령은 정 회장을 보자마자 대뜸 이렇게 말했다.

"대한체육회장 자리가 너무 낮아서 안 한다는 겁니까?"

정 회장은 대통령 앞이라고 주눅 드는 성격이 아니었다.

"그건 대통령께서 제 성격을 잘 몰라 그러시는 겁니다. 할 수 있는 건 하고, 할 수 없는 건 안 합니다. 그래서 건설협회 회장도 끝내 맡지 않았습니다. 체육회장은 제가 할 수 있는 일이 아닙니다."

그런 말들이 전 대통령에게는 통하지 않았다.

"앞으로 모든 경기 단체장들을 기업체 장들에게 맡기려고 합니다. 그러니 전경련 회장 하는 거나 다를 바 없잖습니까."

(실제로 이후 레슬링협회장에 삼성 이건희 회장, 복싱연맹 회장에 한화 김승연 회장, 축구협회장에 신동아 최순영 회장 등 재벌 총수들이 줄줄이 경기 단체장을 맡았다.)

막무가내였다. 두 사람의 팽팽한 기 싸움에 좌불안석이었던 체육장관이 "우선 잠깐이라도 맡아달라"라고 사정했다.

판단은 신중하게 하지만 일단 결정하면 행동이 빠른 정 회장이었다. 더 버틸 상황이 아님을 직감한 정 회장은 "일 년만 맡겠다"며 수락했다. 물론 84년 LA 올림픽이라는 대사 때문에 그의 재임 기간은 2년 3개월로 늘었다.

* * *

재계의 거물이 체육회장이 됐으니 언론계 역시 부산하게 움직였다. 각사 체육 기자들이 인터뷰를 요청했으나 현대그룹 차원에서 정중하게 거절했다. 갑자기 체육회장을 맡은 거라서 조금 준비할 시간을 가진 뒤 인터뷰에 응하겠다는 얘기였다.

다음 날 편집회의를 마치고 나온 부장이 나를 불렀다.

"정 회장 인터뷰할 기자는 이민우밖에 없다. 인터뷰해서 기사 갖고 와."

부장의 이 말은 다분히 할머니를 의식한 거였고, 나 역시 믿는 구석은 할머니밖에 없었다.

퇴근 후 나는 할머니에게 자초지종을 설명하고, "내일 아침 청운동에 함께 인사하러 가자"고 졸랐다. 할머니는 "정 회장은 새벽 같이 일어나니 가려면 일찍 가야 한다"라고 했다.

나는 할머니를 모시고 7월 14일 새벽 5시에 청운동 자택 인터폰을 눌렀다. "쌀집 할머니"라는 말에 일하는 아주머니가 금방 문을 열어줬다. 말로만 듣던 '쌀집 할머니 통과'를 직접 목격한 순간이었다.

변 여사가 정갈한 차림으로 우리를 맞이했다. 할머니가 "우리 손자가 체육부 기자라 인사하러 왔다"라고 하자 변 여사는 "회장님이 일찍 출근하시니까 이 시간에 오길 잘하셨다"며 근황을 물었다.

응접실에서 기다리고 있으니까 방에서 부스럭부스럭 신문 들추는 소리가 나더니 5시 30분쯤 정 회장이 나왔다. 인사를 주고받은 후 정 회장이 함께 아침 식사를 하자고 했다.

현대그룹 회장의 아침 식사는 어떨까 내심 기대를 많이 했다가 깜짝 놀랐다. 순두부찌개와 멸치볶음 등 반찬 서너 가지가 전부였다. 우리 집 식단보다 형편없었다.

마침 손자 두 명(어렸기에 누구였는지는 모르겠다)이 있었다. 변 여사는 손자들에게 "얘들아, 인사드려라. 할아버지와 할머니가 젊었을 때 이 할머니에게 신세를 많이 졌단다"라며 할머니를 소개했다.

식사 후 자연스럽게 인터뷰를 진행했다. "현대 회장이 체육회장이 되셨으니 여기저기서 지원을 많이 해달라고 할 텐데"라고 운을 띄우자 "나는 봉이 아니야"라며 불쾌해했다.

정주영 회장의 단독 인터뷰가 중앙일보에 나오자 타사들은 난리가 났다. 특종의 쾌감은 기자만이 갖는 특권 중 하나다. 정 회장 단독 인터뷰는 순전히 할머니 덕분에 건진 특종이었다.

체육회 체질을 바꾸다

체육회장에 취임한 정 회장은 특유의 스타일로 문제를 해결하면서 체육계의 체질을 바꿔나갔다.

취임 후 첫 주요행사가 10월 14일 개막한 제63회 마산·창원·진주·진해 전국체전이었다. 이때 마산 메인스타디움에 국내에서 처음으로 우레탄 트랙을 깔았다. 우레탄 트랙은 세계적으로 육상선수들의 기록 단축에 크게 도움을 준 선진 공법이어서 우리도 도입한 것이다.

우리 기술이 없었기 때문에 독일 업체에 부탁해서 시공했다. 독일 업체는 자신들의 방법으로 트랙을 측량하고 설비했다. 그런데 우리가 측량하는 방식하고 달랐던 게 문제였다. 독일 업체는 측량기로 계측한 뒤 우레탄 트랙을 깔았는데 나중에 육상연맹에서 우리 방식대로 자로 직접 측량하니까 400m에서 40cm가 모자랐다. 독일 업체가 잘못한 것은 아니지만 이러면 기록에 문제가 생긴다.

　개회식 이후 이틀 동안 벌어진 육상 경기에서 순위는 인정됐으나 기록은 공식 기록으로 승인받지 못하는 불상사가 발생했다. 결국 직원들을 동원해서 트랙에 그어놓은 페인트를 다 지우고 새로 페인트칠을 해야 했다.

　보고를 받은 정 회장은 노발대발했다. 체전이 끝나고 첫 회의 때 "육상연맹 부회장을 참석시켜라"라고 지시했다. 회의에 참석한 서윤복 육상연맹 부회장은 좌불안석이었다.

　그런데 정 회장이 "체육회 차원에서 육상연맹에 사과 편지를 쓰라"라고 했다. 모두가 어리둥절했다. 체육회 임원들이 반발하기 시작했다.

　"이 건은 대한체육회가 사과할 일이 아닙니다. 육상경기장 공인은 육상연맹 소관입니다. 육상연맹이 잘못한 것이니까 오히려 체육회가 육상연맹을 질책해야 합니다."

　그러자 정 회장이 대뜸 "체육회가 감독을 잘못한 것"이라며 화를 냈다. 김종열 실무 부회장에게 "실무 부회장이 체전 준비를 제대로 안 하고 뭐 했나"라며 강하게 질책했다. 그러더니 서윤복 부회장에게 정중하게 절을 하며 사과하는 것이 아닌가.

　질책당할 줄 알았던 서 부회장은 어쩔 줄 몰라 했고, 체육회 임원들은 모두 정 회장이 왜 그러는지 의아하게 생각했다.

정 회장은 임원들이 어떤 생각을 하고 있는지 분명히 알았다.

"책임 소재를 분명히 합시다. 전국체전의 주최는 대한체육회입니다. 모든 책임은 체육회가 져야 합니다."

정 회장의 이런 행동은 아마 체육회 임원들에게 책임감을 강조하려는 의도였던 것으로 보인다. 현대라는 대기업을 이끄는 총수가 보기에 대한체육회의 일 처리가 얼마나 한심해 보였을까. 체육회 회장이 된 만큼 처음부터 체육회의 체질을 바꾸겠다는 강한 의도였다.

뉴델리 아시안게임
세심한 정주영

82년 11월 19일부터 12월 4일까지 인도 뉴델리에서 아시안게임이 열렸다. 체육회장이 된 이후 처음 열린 국제대회였다.

당시 전력 분석에 따르면 북한의 전력이 매우 강했다. 북한은 사격과 격투기, 체조 등에서 세계 정상급으로 평가받았다. 종합 성적에서 한국이 북한에 뒤진다는 분석도 나왔다.

전두환 대통령 시절이었다. 북한에 진다는 것은 상상도 하지 못할 때였다. 당시 김종렬 부회장이 한국선수단장이었는데 체육회나 선수단 모두 초긴장 상태였다.

당시 현대 사옥은 광화문에 있었다. 배순학 체육회 운영국장(사무처장 직무대리)이 국내에서 대기하면서 현지 소식과 상황을 수시로 정 회장에게 보고했다.

정 회장은 배 국장에게 따로 개인 비밀 전화번호를 줬다. 아시안게임 상황을 따로, 가장 먼저 챙기겠다는 의도였다. 그러면서 "비상 상황이 생기면 언제든 전화하라"고 했다.

예상대로 대회 중반까지 한국이 종합성적에서 북한에 뒤졌다. 비상사태였다. 현지 선수단은 물론이고, 한국에 있던 체육회 임원들도 초조하기는 마찬가지였다.

11월 30일, 한꺼번에 세 개의 금메달이 쏟아졌다. 테니스 여자 복식과 혼합복식 결승에서 모두 일본 선수를 꺾고 두 개의 금메달을 따냈다. 사격에서도 박종길이 스탠더드 권총 개인전에서 금메달을 추가했다. 한국은 총 금메달 수 16개로 대회 개막 후 처음으로 북한을 밀어내고 종합 3위로 올라섰다.

소식이 전해진 게 새벽이었다. 배 국장은 잠시 망설였다. 정 회장이 언제든 전화하라고 했지만 진짜 새벽에 전화해도 괜찮을지 걱정이 됐다. 하지만 지체할 수는 없었다. 전화를 걸었다. 그런데 전화벨이 울리자마자 "여보세요"하는 정 회장의 목소리가 들려왔다. 정말 그 새벽에 직접 전화를 받았다.

"저희가 오늘 금메달 세 개를 따서 북한에 앞섰습니다."

"그럼 우리 금메달이 16개가 됐네요. 수고했어요."

배 국장은 깜짝 놀랐다. 자신은 단지 금메달 세 개를 땄다는 얘기만 했을 뿐인데 정 회장은 메달 수를 정확히 파악하고 있었다. 정 회장이 이 정도로 세심하고 꼼꼼할 줄은 몰랐다.

선이 굵고, 통이 크고, 역경에도 굴하지 않고 밀어붙이는 강한 이미지로 생각했는데 가까이서 겪어본 정 회장은 스케일이 크면서도 세심함을 겸비한 리더였다.

* * *

뉴델리 아시안게임은 중국이 출전한 첫 아시안게임이었다. 중국은 대국답게 첫 출전에서 당당히 1위를 차지했다. 이전까지는 일본의 독무대였다. 일본은 8회 연속 1위였고, 이번에도 9연패를 노리고 있었다. 하지만 중국은 61개의 금메달(은 51, 동 41)을 따내면서 일본(금 57, 은 52, 동 44)을 제치고, 스포츠 강국임을 입증했다.

한국은 최종 28개의 금메달(은 28, 동 37)을 획득, 17개의 금메달(은 19, 동 20)에 그친 북한을 여유 있게 따돌리고 종합 3위에 올랐다. 북한에 질 거라 예상했었는데 오히려 북한보다 11개의 금메달을 더 따낸, 넉넉한 승리였다.

체육회와 선수단 모두 긴장하고, 최선을 다한 결과였다. 현지에서도 기분이 좋았겠지만 보고를 받는 정 회장의 얼굴에도 연신 웃음이 그치지 않았다.

당시에는 국제대회에서 좋은 성적을 거두면 김포 공항부터 서울 시청까지 카퍼레이드를 했다. 선수단은 12월 7일 귀국했다.

전경련 회장이기도 했던 정 회장은 경제 시찰을 마치고 전날인

6일 귀국했다. 바쁜 일정이었다. 배 국장은 공항에서 기다리고 있다가 오후 6시경 공항 귀빈실에서 바로 보고를 했다. 아시안게임에 대한 종합 보고와 함께 다음 날 카퍼레이드 일정도 보고했다. 맨 앞 차에 정 회장이 타는 것으로 돼 있었다.

"이 차는 대통령이 사열할 때만 사용하는 차인데 민간인으로는 회장님이 처음 타시는 겁니다."

대회 성적도 좋았고, 귀국 행사도 잘 준비되었다는 보고에 정 회장은 매우 좋아했다.

12월이었다. 40년 전 겨울은 지금보다 훨씬 더 추웠다.

"더운 뉴델리에 있다가 오니까 선수들이 더 추울 거야. 더구나 카퍼레이드까지 하니까 털모자, 목도리, 장갑 사서 선수들에게 전부 주도록 하세요."

배 국장도 그것까지는 미처 생각하지 못했다. 정 회장의 배려심에 감탄하고 놀라면서도 걱정이 앞섰다. 선수단 규모는 280명, 이미 오후 7시가 넘어가는데 그 저녁에 어디서 털모자와 목도리, 장갑을 한꺼번에 300개씩 구하나. 이렇게 갑자기 지시받은 적은 이전에 없었기에 매우 당황했다.

현대 비서실에 고충을 토로했다. 도움을 요청한 것인데 현대 비서실에서는 오히려 "회장님께 '안 된다'는 소리는 절대로 하지 마세요"하고 신신당부를 하더란다.

급해진 배 국장은 곧바로 남대문 시장으로 달려갔다. 이미 대부분 가게가 문을 닫은 상태였다. 정 회장의 스타일을 알게 된 배 국장은 숙직자를 찾아 문 닫은 가게를 돌아다니며 하나씩 일일이 구했다. 불가능할 줄 알았는데 다음 날 아침에 공항에서 선수들에게 지급할 수 있었다. 정주영 체육회장 밑에서 어느새 대한체육회의 일 처리도 현대그룹을 닮아가고 있었다.

* * *

행사는 다음 날에도 이어졌다. 8일에는 메달리스트들이 청와대를 방문해서 전두환 대통령을 만났다. 청와대 행사는 청와대에서 알아서 하므로 체육회가 특별히 더 준비할 것이 없다.

그런데 정 회장의 지시가 또 떨어졌다.

"선수들에게 격려금을 주고 싶어. 그러나 대통령 격려금보다는 적어야 해."

격려금 준비하는 거야 어렵지 않았다. 하지만 대통령 격려금보다 적어야 한다니. 그것까지 신경 쓰는 마음에 놀랐으나 대통령 격려금이 얼마인지를 어떻게 알아낼 것인가. 그냥 '금일봉'아닌가. 이걸 누구에게 물어봐야 하나. 물어본다고 대답해 줄 리도 없었다. 배 국장은 속이 탔다.

궁하면 통한다고 했다. 갑자기 청와대 보고서가 생각났다. 뉴델리 아시안게임은 북한과의 관계 때문에 대회 진행 상황을 체육회에서 청와대에 직접 보고했다. 민정수석이 보고서를 만들어 대통령에게 보고했는데 최종 보고하기 전에 혹시 수정할 내용이 있는지 보라고 했다. 배 국장은 정 회장에게도 보고할지 모르니까 그 보고서를 복사해놓았다. 혹시 하고 찾아보니 거기에 격려금 내용도 있었다. 그렇게 해서 대통령 격려금보다 약간 적은 금액의 회장 격려금 봉투를 준비할 수 있었다.

"대통령 격려금 금액은 어떻게 알았어?"
정 회장은 대통령보다 약간 적게 격려금 봉투를 준비했다는 보고를 받더니 이렇게 물었다.
"혹시 몰라서 민정수석 보고서를 복사해놓았는데 그게 도움이 됐습니다."
정 회장의 눈꼬리가 올라가더니 싱긋이 웃었다.
"수고했어."

이걸로 끝이 아니었다.
"격려금 지급은 아무도 모르게 해. 선수단이 청와대 나온 뒤에 세종문화회관으로 가서 내가 직접 줄 거야."
세종문화회관 무대 아래 객석에 선수들을 앉혔다. 외부에서는 알 수 없게 룸라이트만 켰다. 약간 어두컴컴한 상태에서 정 회장이 직접 한 사람씩 격려금 봉투를 줬다.

혹시라도 알려지면 대통령의 심기가 불편해질 수도 있었다. 거기에 선수들도 편하게 부담 없이 받을 수 있도록 배려한 것이었다.

가히 배려의 아이콘이었다. 이 사실은 기자들에게도 알려지지 않아서 어느 곳에서도 회장 격려금이 보도된 적이 없다.

다음 해인 83년 5월에 열린 제12회 전북 소년체전 때도 마찬가지였다. 도지사에게 격려금을 전달했는데 절대로 남들이 보는 데서 주지 않았다. 도지사를 자신의 차로 불러 차 안에 둘만 있을 때 살짝 전달했다.

이런 걸로 자신을 내세우지 않았고, 상대가 불편하지 않게 배려했다.

궁도협회에서 양궁 분리
올림픽 금메달 위해 큰절까지

양궁은 1900년 제2회 파리 올림픽에서 처음 정식종목으로 채택됐으나 20년 벨기에 앤트워프 대회 이후 중단됐다가 72년 뮌헨 올림픽에서 부활했다. 아시안게임에서는 78년 방콕 대회에서 처음으로 정식종목이 됐다.

한국은 방콕 아시안게임에서 김진호가 여자개인전 금메달, 여자단체 은메달을 목에 걸면서 양궁 강국으로 등장했다. 김진호는 79년 베를린 세계선수권에서 5관왕을 차지하면서 독보적인 존재가 됐다.

한국은 82년 뉴델리 아시안게임에서도 남녀 단체전 금메달에 남자 개인 은메달, 여자 개인에서 은, 동메달을 추가해 양궁 강국으로 우뚝 섰다.

84년 LA 올림픽은 차기 대회 개최국인 대한민국의 위상을 높여야 하는 대회였다. 76년 몬트리올 올림픽에서 레슬링 양정모가 정부 수립 이후 첫 금메달의 영광을 안겨주었지만 80년 모스크바 올림픽 때는 소련의 아프간 침략으로 동·서가 갈려 출전 보이콧을 하는 바람에 추가 메달의 기회가 없었다. 따라서 8년 만에 출전하는 LA 올림픽에서 몇 개의 금메달을 딸 수 있을지 초미의 관심사였다.

양궁이야말로 LA 올림픽 금메달에 근접했고, 세계화할 수 있는 종목이었다. 하지만 당시에 양궁은 대한궁도협회에 소속돼 있었다. 궁도협회에서 양궁을 분리해야 양궁이 발전할 수 있다는 의견이 나오기 시작했다.

올림픽을 1년 반 정도 앞둔 83년 1월, 김진호가 정주영 회장을 찾아왔다. 김진호는 "올림픽을 준비해야 하는데 궁도협회에서 예산을 주지 않는다"고 하소연했다.

"지금은 선수들이 자비를 들여 연습하고 있습니다. 예산도 있어야 하고, 연습장도 있어야 합니다."

양궁을 궁도협회에서 분리해달라는 요청이었다. 정 회장도 김진호가 양궁에서 금메달을 딸 가능성이 매우 크다고 봤다. 올림픽 금메달이라는 당면 목표를 위해 양궁 분리가 불가피하다고 판단했다.

* * *

정 회장은 판단도 빠르고 실행도 빨랐다. 체육회에서 궁도협회에 '양궁 분리' 내용을 담은 공문을 보내라고 했다. 궁도협회는 당연히 힘들다는 반응이었고, 체육회는 '국가를 위해 궁도협회가 양보하라'라고 설득했다. 궁도협회는 "체육회가 왜 협회 일에 간섭하냐"며 강하게 반발했고, 임원진이 총사퇴하는 강수를 뒀다.

정 회장은 직원에게 맡겨놓고 팔짱 끼고 있는 스타일이 아니었다. 직접 나섰다. 궁도에서는 우두머리를 사두射頭라 부른다. 궁도협회 사두는 80세가 넘은 노인이었다. 정 회장은 북악산에 있는 궁도 연습장을 찾아가 사두에게 큰절을 했다.

"활은 국궁이나 양궁이나 같지 않습니까? 그러나 올림픽에 국궁은 없습니다. 양궁에서 금메달을 따려면 양궁을 분리해서 따로 훈련하는 게 좋겠습니다."

아무리 얘기해도 궁도협회 사람들은 꿈쩍도 하지 않았다. 정 회장은 갈 때마다 돈 봉투를 준비해서 들고 갔다. 한 달 동안 공을 들이니 조금씩 마음 문을 열기 시작했다.

결국은 돈 문제였다. 궁도협회 사람들은 양궁이 독립해서 나가면 예산이 줄어들 것을 염려했다. 정 회장은 "궁도협회 예산은 깎지 않고 그대로 다 드리겠다"며 설득했다.

2월에 체육회 대의원 총회가 열렸다. 정 회장의 의지대로 '체육회가 가맹 경기단체를 지휘 감독할 수 있다'라고 의결함으로써 양궁을 궁도협회에서 분리하는 토대를 마련했다.

드디어 83년 3월 4일, 양궁협회 창립총회가 열렸다. 체육회 부회장인 김집(후에 체육부 장관) 씨가 사회를 봤고, 대의원들은 그동안 양궁 발전에 강한 의지를 보여준 정주영 회장을 초대 회장으로 추대했다.

정 회장은 "초대 회장으로 추대해준 것은 고맙지만 체육회장이 양궁협회장까지 겸임하는 것은 보기 좋지 않다"며 사양했다. 결국 정 회장의 6남 정몽준 회장에게 위임하는 것으로 결정했다.

정 회장의 뚝심으로 양궁협회가 발족했고, 결국 LA 올림픽에서 서향순이 여자 개인 금메달, 김진호가 동메달을 따는 쾌거를 이뤄냈다. 김진호의 금메달을 예상했으나 의외의 결과였다.

85년부터 2남 정몽구 회장이 양궁협회장을 맡아 97년까지 12년 동안 이끌면서 대한민국 양궁은 세계 최강 자리를 굳혔다. 2005년부터는 손자인 정의선 회장이 양궁협회를 이끌어오고 있다.

대한민국 양궁은 2021년 도쿄 올림픽에서 5개의 금메달 중 4개를 휩쓸었고, 곧이어 열린 세계선수권대회에서는 5개 전 종목을 석권했다. 양궁에 대한 정 회장의 애착이 3대에 걸쳐 이어지며 양궁 강국을 유지해 온 것이다.

"손가락 끝에 묻은 똥은 똥이 아냐?"
민속씨름 전국체전 참가

83년 3월 16일, 씨름의 프로화를 내걸고 민속씨름이 발족했다. 그리고 제1회 천하장사 씨름대회가 4월 14일부터 17일까지 장충체육관에서 열렸다. 정주영 회장은 처음부터 장충체육관에 나와 직접 관전했다. 당시 무명이던 이만기가 혜성처럼 나타나 초대 천하장사를 차지했다. 이준희, 이봉걸 등 걸출한 선수들도 많아 가히 씨름 전성기가 열렸다고 해도 과언이 아니었다.

그런데 전국체전이 문제가 됐다. 체육회는 '씨름 선수 중에 장사 씨름대회에 참가한 프로선수들은 아마추어들의 잔치인 전국체전에 참가할 수 없다'라고 유권해석을 내렸다.

발등에 불이 떨어진 씨름인들이 정 회장에게 도움을 요청했다. "씨름은 한국을 대표하는 전통 스포츠입니다. 주요 선수 대부분이 장사 씨름대회에 참가했는데 이 선수들의 참가를 막는 것은 아예 씨름을 빼겠다는 말과 같습니다. 전국체전에서 씨름이 빠지는 건 상상할 수도 없습니다."

정 회장이 현대그룹 신입사원들과 어울려 씨름을 했다는 건 매우 잘 알려진 사실이다. 그 정도로 씨름에 대해서는 애착이 있었다.

정 회장은 곧바로 체육회 대의원 회의 안건으로 이 문제를 상정했다. 대의원 대부분은 반대했다. 민속씨름은 우승자에게 상금을 주는 프로대회다. 여기에 참가한 선수들은 모두 프로선수로 봐야 한다. 따라서 아마추어 선수들의 잔치인 전국체전에서는 빠지는 게 옳다는 논리였다. 논리만 보면 틀린 말이 아니었다.

그러자 정 회장이 기가 막힌 비유를 했다.

"나도 예전에 씨름해봐서 알아요. 옛날부터 씨름대회에서 이기면 황소도 주고, 쌀가마니도 주고 그랬어. 이봐. 무더기 똥만 똥인 줄 알아? 손가락 끝에 묻은 똥은 똥이 아냐?"

이 한마디에 대의원들 모두 꿀 먹은 벙어리가 됐다.

정 회장은 이어서 "우리 민속스포츠인 씨름의 발전을 위해서 체전 종목에 넣어야 한다"라고 했다. 정식 투표에 들어갔고, 정 회장의 논리(?)에 설득된 대의원들이 찬성표를 던졌다.

뚝심도 대단하지만 보통 사람들은 생각하지 못하는 절묘한 비유로 상대를 제압하곤 했던 정 회장의 일화다.

"한푼도 낼 수 없습니다"
83년 국회 올림픽 특위

국회는 서울올림픽을 국회 차원에서 지원하기 위한 '서울올림
픽 지원 특별위원회'를 1981년 설치했다. 여야 의원 30명으로 구
성됐다. 당시 여당이었던 민정당 윤석순 의원이 제안 설명을 했다.

"국민적 참여와 지원을 적극적으로 주도하고 뒷받침해 나가기
위해 국회 안에 지원 특위를 설치하고, 특위로 하여금 올림픽 관
계 입법 조치를 비롯해 각종 계획과 준비사항에 대한 검토 등 지
원대책을 집중적으로 강구하기 위한 것이다."

정 회장이 체육회장으로 취임하자 특위 국회의원들의 관심은
현대그룹 회장인 정 회장이 얼마나 많은 지원을 할 것인가에 쏠
렸다.

하루는 특위에서 정 회장을 불렀다. 대기업 총수가 국회에 간

것은 이때가 처음으로 알고 있다. 체육회 차원에서는 예상 문답집을 만드느라 생고생을 했다. 무슨 질문을 할지 몰라서 엄청나게 세세하게 준비했다.

지금도 청문회나 국회 대정부 질문을 보면 의원이 질문할 때마다 답변하고, 질문이 끝나면 다른 의원이 나와 또 질문과 답변이 이어진다.

특위에 출석한 정 회장은 "일문일답하지 않고 질문을 다 하시면 한꺼번에 답변드리겠다"고 선공을 날렸다. 어차피 특위 의원들이 뭐에 관심 있고, 뭐를 물어볼지 뻔히 알고 있었기에 할 수 있는 말이었다.

역시 정 회장의 예상대로 질문은 '회장이 서울올림픽의 성공을 위해 어떻게, 얼마나 돈을 내놓을 것인가'에 집중됐다.

의원들의 질문이 다 끝나자 정 회장이 대답하기 위해 앞으로 나가는데 예상 문답집을 그대로 자리에 놔두고 나갔다. 배석했던 체육회 임원들이 깜짝 놀랐다. 혹시 실수한 게 아닌가.

정 회장은 침착하게 대답하기 시작했다.

"제가 체육회장이 되고 나서 체육회 재정 상태를 살펴보니 전액 국고로 운영되더군요. 그동안 훌륭한 회장님들이 국민 세금을 허투루 쓰지 않기 위해 다 잘해왔습니다. 제 명예를 높이기 위해,

돈 좀 있다고 자랑하기 위해, 또는 제 권력을 강화하려는 개인적인 욕심으로 돈을 마구 뿌린다면 그 숭고한 정신을 훼손하는 게 됩니다. 저는 한푼도 낼 수 없습니다."

거의 기습 공격을 당한 듯 의원들이 멍하니 있었다.

거기에 대고 정 회장이 못을 박았다.

"자자, 같이 밥이나 먹으러 갑시다."

정 회장의 강한 한 수에 의원들은 오히려 파안대소하며 박수를 보냈다. 인근 중국집에서의 점심은 화기애애한 분위기였다고 전해진다.

밤새워 예상 문답집을 만드느라 고생했던 체육회 직원들은 허탈하기도 했지만, 안도의 한숨을 내쉴 수 있었다.

대한체육회장 해임
미운 털이 박힌 정주영의 뚝심

1년만 하겠다던 정 회장의 대한체육회장 임기는 LA 올림픽 등으로 계속 늘어났다. 한국은 LA 올림픽에서 금 6, 은 6, 동 7개를 얻어 당당히 종합 10위에 이름을 올리며 차기 개최국으로서의 체면을 세웠다.

84년 8월 12일, LA 올림픽이 폐막했다. 예상보다 훌륭한 성적을 올리고 귀국한 선수단은 대대적인 환영을 받았다.

10월 1일, 집에 있던 정 회장에게 체육부 차관의 전화가 왔다.

"오늘부로 대한체육회장 해임입니다."

시킬 때도 제멋대로, 해임도 제멋대로였다.

정 회장은 기분이 나빴으나 사실 이런 일을 예상했었다. 두 가지 이유였다.

첫 번째는 LA 올림픽 선수단장 선정 건이었다. 선수단장 선정은 체육회장 권한이었다. (정확하게는 대한올림픽위원회(KOC) 위원장의 권한인데 대한체육회장이 KOC 위원장을 겸임했다)

청와대는 노골적으로 특정인을 단장으로 선정할 것을 요구했다. 그때는 그걸 당연하게 여길 때였다.

하지만, 정 회장은 그럴 뜻이 없었다. 당황한 청와대가 그러면 복수 추천을 해서 올리라고 했으나 그것마저 거절했다.

그리고 자신이 적임자로 생각한 김성집 씨를 신문에 먼저 발표해버렸다. 48년 런던 올림픽 역도 동메달리스트 김성집 씨는 당시 태릉 선수촌장이었다. 선수촌장으로서 대표선수들을 잘 파악하고 있고, 선수들에게 신임도 얻고 있는 김 촌장이 선수단장 적임자라고 정 회장은 판단했다. 그렇다 하더라도 청와대의 의중을 정면으로 치받아버린 건 정 회장 아니면 할 수 없는 처리였다. 전두환 대통령 시절, 청와대의 권유(사실상 강요)를 거절하면서 신문에 먼저 발표까지 했다는 건 정면 도전이나 마찬가지였다.

아무리 청와대라 하더라도 이미 언론에 발표된 내용을 뒤집을 수는 없었다. 어쩔 수 없이 승인은 했으나 미운털이 박힌 것은 당연했다.

두 번째는 IOC 위원 추천 건이었다. 이때도 청와대와 부딪쳤다. 청와대의 뜻은 박종규 씨였다. 대통령 경호실장, 대한사격연맹 회장, 대한체육회장 출신이니 전혀 엉뚱한 사람은 아니었다.

그러나 정 회장의 생각은 달랐다.

"우리는 88 서울올림픽도 치러야 하는데 체육계 인사로서 국제 외교에 감각이 뛰어난 사람이 적임자라고 생각합니다. 박종규 씨는 제 염두에 없습니다."

이번에는 청와대에서 일방적으로 박종규 씨를 IOC 위원으로 추천해버렸다. 두 번이나 정 회장에게 끌려갈 수는 없다고 판단한 것 같다.

이렇게 '체육인 정주영'의 공식적인 활동은 끝났다. 하지만, 그가 올림픽과 한국 체육계에 남긴 뚜렷한 업적은 지워지지 않을 것이다.

현대 남자농구단 창단

 1978년 3월, 현대 남자농구단이 창단됐다. 농구단의 처음 소속
은 현대조선(현 현대중공업)이었다.

 74년 완공된 현대조선은 배 만드는 철판의 상당 부분을 일본
스미토모 금속(2012년 신일본제철과 합병)에서 수입해야 했다. 박정
희 대통령이 박태준 회장에게 지시해서 만든 포항제철(현 포스코)
은 73년부터 철을 생산했으나 배를 만들기에는 많이 모자랐다.

 77년 당시 스미토모 금속은 남자농구단을 운영했고, 일본에서
뛰어난 명문 팀이었다. 그 스미토모에서 주요 고객인 현대조선에
"농구 교류를 했으면 좋겠다"라고 제의했다. 그런데 현대조선에
는 농구단이 없었다.

 "스미토모에서 농구 교류를 하자는데 저희는 농구팀이 없습니
다"라는 말을 들은 정 회장은 "그러면 우리도 당장 남자농구단을

만들어"라고 지시했다. 정 회장다운 신속하고도 명쾌한 지시였다.

농구단 만드는 게 쉬운 일일 리가 없다. 그러나 정주영의 스타일을 익히 아는 임직원들은 번갯불에 콩 구워 먹듯 농구단 창단 준비에 들어갔다.

현대조선 유병하 과장이 창단 준비를 맡았다. 유 과장이 살펴보니 마침 연세대 농구부 졸업반에 신선우·박수교·장봉학·최희암 등 좋은 선수들이 많았다. 연세대 출신인 유 과장은 당시 연세대 체육부장이던 '한국 농구의 선구자' 이성구 선생을 만났다. 현대가 농구단을 창단한다는 말을 들은 이성구 선생은 "한국 농구 발전을 위해 정말 좋은 일"이라며 환영했다. "현대 농구단은 내가 다 만들어 주겠다"라고 장담할 정도였다. 이성구 선생과 유 과장은 연대 졸업생들을 모두 현대 창단 선수로 보내기로 합의했다. 여기까지는 일사천리로 진행됐다.

그런데 생각지도 못했던 변수가 발생했다. 현대가 농구단을 창단한다는 소식이 삼성의 귀에 들어간 것이다. 재계 라이벌인 삼성은 이런 것조차 현대에 뒤지면 안 된다고 생각했던 것 같다.

삼성은 현대보다 먼저 농구단을 창단하기 위해 서둘렀다. 계열사인 TBC가 아예 뉴스에서 '삼성전자가 남자농구단을 창단하고, 신선우·박수교 등 연대 졸업생들을 창단 멤버로 영입했다'라고 보도해버렸다. 연대 졸업생을 중심으로 농구단 창단 작업이 마무리 단계라고 정 회장에게 보고까지 끝냈던 현대 담당자들은 패닉 상태가 됐다. 벌집을 쑤셔놓은 듯했다.

국내 기업을 대표하는 현대와 삼성이 동시에 농구단을 창단한다고 하니 농구계는 쌍수를 들고 환영했으나 연세대 졸업생을 놓고 양쪽에서 서로 '우리 선수'라고 목소리를 높였으니 시끄러워질 수밖에 없었다.

현대는 대한농구협회에 정식으로 농구부 창단 관련 공문을 보냈으나 삼성은 급히 서두르다 보니 정식 공문이 없었다. 현대는 이 문제를 물고 늘어졌다. 삼성은 자격이 없으므로 협회가 현대의 손을 들어줘야 한다는 주장이었다.

현대와 삼성, 그리고 농구협회 간의 협의가 오랫동안 계속됐다. 끝이 나지 않을 것 같던 팽팽한 대립이 이어지다가 결국 신선우·박수교·최희암은 현대로 가고, 장봉학이 삼성으로 가는 대신 고려대의 김상천이 현대로 오는 선에서 마무리됐다.

"농구는 키야"
'이봉걸 농구선수' 프로젝트

   우여곡절 끝에 현대 농구단을 창단하고, 드디어 79년부터 스미토모와 정기전을 가질 수 있었다. 매년 한국과 일본을 오가며 경기하는 형식이었다. 첫 번째 정기전은 한국에서 먼저 열렸다. 정주영 회장을 비롯해 현대 임원 대부분이 경기를 관전했고, 스미토모 임원진도 대거 방한했다.

   당시 스미토모에는 일본 국가대표인 2m 34cm의 장신센터 오카야마가 있었다. 현대에서는 1m 88cm인 신선우가 센터였으니 도저히 오카야마를 막을 방법이 없었다. 현대는 리바운드의 열세를 극복하지 못하고, 형편없이 졌다.

   일본에 오카야마가 있다면 중국에는 2m 38cm의 무티에추(당시에는 한자음 그대로 목철주라 불렀다)라는 장신센터가 있었다. 한국에는 2m가 넘는 선수가 한 명도 없어 중국이나 일본을 만나면 항상 고전했다. 공격 리바운드는 물론이고, 수비 리바운드도 번번이

뺏기곤 했다. 당시는 3점 슛도 없을 때여서 어렵게 득점하고, 쉽게 실점하는 패턴이었다. 장신센터의 필요성을 절감하던 때였다.

＊＊＊

하루는 정 회장이 유병하 과장을 불렀다.

"농구는 키야. 키 큰 놈이 최고야."

그러더니 정 회장이 지시했다.

"울산에 가면 씨름하는 키 큰 애 있어. 걔 데려다가 농구선수 만들어."

정 회장이 얘기한 '씨름하는 키 큰 애'는 바로 이봉걸이었다. 2m 5cm, 120kg의 장신 이봉걸은 고교 3학년이던 78년 대통령기 씨름대회에서 김성률 장사의 8년 아성을 무너뜨리고 우승했다. '인간 기중기'라는 별명을 얻은 이봉걸은 졸업 후 곧바로 현대중공업 씨름단에 들어왔는데 정 회장이 이봉걸을 눈여겨본 것이다. 씨름 선수를 농구선수로 만들라는 정 회장의 지시에 유 과장은 매우 당황했으나 회장의 지시를 거부할 수 없었다.

1979년 7월, 국내 언론은 '인간 기중기의 농구 외도'라는 제목으로 이봉걸의 농구 전향을 화제로 보도했다. 당시 기사에 따르면 이봉걸은 "평소 농구에 특별한 매력을 느껴왔는데 종별농구선수권대회를 보고 전향할 뜻을 굳혔다. 농구야말로 내가 개척할 수 있는 또 하나의 스포츠"라고 말했다.

현대 농구단의 방열 코치는 "이봉걸이 농구를 하고 싶다는 이야기를 들었다. 농구선수가 될 수 있는지 가능성을 테스트해보겠다. 소질이 나타나면 대선수로 키워보겠다"라고 했다.

그러나 이 모든 것은 장신센터의 필요성을 느낀 정 회장의 아이디어였다. 당시 현대 씨름단이나 한국 씨름계는 물론 이봉걸 본인조차도 얼마나 당황하고, 황당했을까.

이날부터 '이봉걸 센터 만들기' 프로젝트가 가동됐다. 방열 코치는 이봉걸에게 농구의 기본기부터 가르쳐야 했다.

79년 가을, 현대 농구단은 이제 막 농구 걸음마를 뗀 이봉걸을 데리고 일본으로 건너가 스미토모와 정기전을 펼쳤다. 이봉걸이 오카야마를 어느 정도 막아줄 것을 기대했지만 문제는 달리기였다. 씨름의 달리기와 농구의 달리기는 완전히 다르다. 농구는 다섯 명 전원이 공격하고, 수비해야 하는데 이봉걸은 백코트가 전혀 되지 않았다. 거의 무용지물이었다. 마치 4명이 상대 5명과 싸우는 것 같았다.

그래도 이 경기에서 이봉걸이 첫 득점을 했다. 수비 리바운드를 잡은 신선우가 백코트를 하지 못하고 상대 진영에서 어슬렁거리던 이봉걸에게 공을 던져줬고, 아무도 없는 상태에서 골밑슛으로 득점을 한 것이다. 이봉걸의 유일한 득점이었다.

　이봉걸은 결국 농구에서 자리를 잡지 못하고, 다음 해 씨름으로 복귀했다. '이봉걸 프로젝트'는 실패로 끝났으나 여기에서도 정주영 회장의 기발한 발상을 발견할 수 있다.

"24번 데려와"
이충희 스카우트전

현대와 삼성은 농구단 창단 때부터 선수 쟁탈전이 심했다. 그 정점을 찍은 게 바로 이충희 스카우트였다.

정주영 회장은 운동을 다 좋아했지만, 특히 농구 보는 것을 좋아했다. 장충체육관이나 잠실실내체육관에 직접 가서 관전하는 장면이 TV 중계에 자주 잡히기도 했다. 현대 농구단 경기는 어지간하면 보는 편이었다.

1978년 말, 대통령배 농구대회 결승에서 현대가 고려대와 맞붙었다. 정 회장은 이명박 당시 현대건설 사장과 함께 VIP석에서 관전했다.

현대가 여유 있게 우승할 거라는 전망이었지만, 고려대에는 2년생 '슛 도사' 이충희가 있었다. 종료 4분 전까지도 현대가 10점차로 앞섰으나 막판에 추격을 허용해 연장전에 돌입했다. 그리고 종료 버저가 울리기 직전, 이충희가 자신의 주특기인 페이드 어웨이 슛으로 마지막 골을 넣었다. 97-101로 현대의 패배.

그때 정 회장이 옆에 앉아있던 이명박 사장에게 말했다.
"24번. 저 24번 데려와." (이충희의 등 번호가 24번이었다)
느닷없는 지시에 이 사장이 어리둥절하며 반문했다.
"제가요?"
그러자 정 회장의 미간이 살짝 찌푸려졌다.
"이 사장 고려대 출신이지? 당신이 농구팀 맡고, 24번 데려와."
현대 남자농구팀의 소속이 현대조선에서 현대건설로 바뀌는 순간이었다.

졸지에 농구팀 총책임자가 된 이명박 사장은 이충희 스카우트에 총대를 메고 나섰다. 당장 유병하 농구부장이 호출됐다.
"자동차하고 기사 내줄 테니까 무조건 이충희 데려와. 돈은 필요한 대로 써."
이 사장은 활동비로 쓰라며 현금 봉투를 건넸다. 1,000만 원이었다. 당시 이 돈이면 작은 아파트 한 채를 살 수 있었다. 이 사장의 절박함을 알 수 있었다.

유 부장은 난감했다. 인천 송도고를 졸업하고, 고려대에 입학한 이충희는 일찌감치 슈터로서 재능을 발휘했다. 창단 당시 현대에 좋은 선수를 많이 뺏긴 삼성은 미리 이충희를 점찍고 입단에 공을 들였다. 더구나 이충희는 삼성 이인표 감독과 먼 친척 간으로 이 감독이 아저씨뻘이었다.

"그건 안 됩니다. 이충희는 삼성에서 이미 집도 사주고, 돈도 줬습니다. 부모는 물론 고대 박한 감독이나 고대 총장까지 다 삼성에 보내기로 결정이 난 상태입니다."

이 사장이 한심하다는 표정으로 유 부장을 쏘아봤다.

"이 세상에 안 되는 게 어디 있어? 내가 어떻게 이 나이에 사장 됐겠나? 왕 회장 정신으로 밀어붙이면 다 되게 돼 있어."

그러면서 압구정 현대아파트 얘기를 들려줬다.

"압구정동 현대아파트 있지? 거기가 한강 변 모래밭이었어. 그걸 대지로 형질 변경하는 게 가능했을 것 같아? 선수 하나 데려오는 게 무슨 대단한 일이라고. 쓸데없는 소리 말고 무조건 데려와."

만 36세에 현대건설 사장에 오른 이명박 사장을 직원들은 '리틀 정주영'이라고 불렀다. 마치 정 회장의 분신처럼 생각하고, 행동하고, 말했다. 그러니 유 부장은 절망에 빠진 상태로 뒤돌아 나올 수밖에 없었다.

* * *

이충희의 집은 서울 전농동에 있었다. 그때부터 유 부장의 전농동 나들이가 시작됐다. 스카우트 담당 김용회와 함께 하루도 빠지지 않고 방문했다. 빈손으로 갈 순 없으니 항상 케이크나 과자 같은 게 손에 들려있었다. 처음에는 문을 열어주기는커녕 거들떠보지도 않았다. 문 앞에 케이크를 놔두고 돌아선 지 한 달쯤 지나니까 불쌍해 보였는지 문을 열어줬다. 어머니였다.

"국수나 먹고 가세요. 하지만 다른 말은 하지 마세요."

정주영 정신으로 무장한 유 부장이 이 기회를 놓칠 리 없었다. 끈질기게 물고 늘어졌다.

"삼성에서 해준 거보다 더 주겠습니다. 문제가 뭡니까."

삼성에서 집을 사줬다고 했다. 그리고 30개월 동안 학비와 보조금 등 그때까지 받은 돈이 모두 3,000만 원쯤 되는데 만일 약속을 지키지 않으면 네 배의 위약금(약 1억 2,000만 원)을 내야 한다고 했다.

"좋습니다. 저희가 위약금 다 물어주겠습니다. 그리고 현금 1억 원을 더 드리겠습니다. 거기에 압구정동 현대아파트도 한 채 드리겠습니다."

당시 압구정 현대아파트 30평형 대의 시세는 2,000만 원대였지만, 현대아파트는 부자와 특권층의 상징이었다.

어머니는 이 조건을 받아들였으나 정작 이충희 본인이 요지부동이었다. 현대는 다른 방법을 찾기 위해 정보력을 총동원했다.

당시 이충희가 사귀던 아가씨가 있었다. 현대가 택한 방법은 여자친구를 통한 '자극'이었다. 현대는 이충희 아버지에게 '현대건설 부장 자리'를 제의했다. 동시에 여자친구를 만나 "남자친구의 아버지가 현대건설 부장이라면 그래도 괜찮지 않나"라고 부추겼다.

현대의 끈질긴 설득에도 요지부동이던 이충희를 움직인 결정타는 임정명이었다. 81년 졸업생 중 스카우트 1번은 이충희였고, 2번은 고려대 동기인 임정명이었다.

임정명 역시 현대와 삼성이 스카우트하기 위해 총력을 기울였다. 임정명은 양쪽을 저울질하며 몸값을 올렸다. 결국 원래보다 9,000만 원이나 더 많은 액수에 삼성과 사인했다.

현대는 이 과정을 상세히 전달하면서 '임정명이 이충희보다 더 좋은 조건으로 삼성과 계약했다'라는 내용을 흘렸다. 자신이 임정명보다 못한 대우를 받는다는 사실에 화가 난 이충희는 결국 삼성을 버리고 현대와 계약을 했다.

공식적인 최종 계약 내용은 현금 3억 2,000만 원에 압구정동 현대아파트, 그리고 스포츠센터였다. 처음에 제시한 금액보다 엄청나게 많아졌다. 이 내용은 나중에 이충희 본인이 인터뷰에서도 밝힌 바 있다.

정주영 회장의 "24번 데려와"한마디에 이충희의 운명이 갈린 셈이다.

현대 축구단 해체 소동

국내 프로 스포츠의 역사는 82년 프로야구에서 시작됐다. 다음 해인 83년에 프로축구와 프로씨름이 출범했다.

전두환 정권이 들어선 81년부터 프로야구를 추진하기 시작했다. 당시 고교 야구가 최고의 인기 스포츠였기에 이를 바탕으로 지역을 연고로 하는 프로 스포츠로는 야구가 적격이었다.

프로야구를 준비하던 사람들은 지역 연고 대기업을 찾아가 프로야구단 창단을 권유했다. 대구의 삼성, 부산의 롯데, 광주의 해태 등이었다.

추진 인사들은 당연히 강원도가 고향인 정 회장에게 인천·경기·강원을 연고로 하는 현대 구단의 창단을 요청했다.

그러나 당시 정 회장은 서울올림픽 유치 추진위원장이었다. 올림픽 유치라는 큰 사업을 맡은 정 회장이 프로야구에 신경 쓸 겨

를이 없었다. 정중하게 고사했다. 현대가 처음부터 프로야구에 뛰어들지 않은 이유다.

하지만, 정 회장이 올림픽 유치에 성공하고, 대한체육회장을 맡은 이후 프로축구단 창단에는 머뭇거릴 이유가 없었다.

83년 12월, 현대 호랑이 축구단(현 울산 현대)이 창단됐다. 국내 4호 프로축구 구단이다. 처음에는 인천과 경기를 연고지로 했다가 87년 강원으로 옮겼다. 그리고 90년부터는 모기업인 현대자동차가 있는 울산으로 옮겨 지금까지 유지하고 있다. 현대 프로축구단의 모기업은 98년에 정몽준 회장의 현대중공업으로 변경됐다.

* * *

창단한 지 4년만인 87년 11월, 현대축구단이 전격 해체를 선언해 축구계를 발칵 뒤집어놓은 적이 있었다.

발단은 고려대 김종부 선수를 둘러싼 현대와 대우의 스카우트 싸움이었다. 축구뿐 아니라 여러 면에서 라이벌 관계였던 현대와 대우는 김종부 쟁탈전을 그룹의 자존심을 건 전쟁이라고 생각했다.

83년 세계 청소년 축구대회 4강 신화의 주역이었던 김종부는 그해 11월, 만 18세에 국가대표로 뽑혀 한국 축구의 스트라이커 계보를 이을 대형 공격수로 관심을 모았다.

현대와 대우는 일찌감치 김종부를 점 찍고, 물밑 쟁탈전을 벌였다. 1라운드는 현대의 승리였다. 김종부가 대학 4학년이던 86년 3월에 계약금 1억 5,000만 원, 연봉 2,400만 원, 졸업 때까지 장학금 매달 200만 원이라는 파격적인 조건으로 계약을 맺었다. 고려대에는 경기도 송추에 축구장을 건립해 준다는 약속을 했다.

그러나 대우는 이미 김종부의 형을 구단 직원으로 채용하는 등 2년 동안 공을 들인 상태였다. 김종부가 현대와 계약한 지 한 달도 지나지 않아 계약을 파기하고 대우 행을 선언하면서 사태가 커졌다. 대우가 과연 어떤 조건을 보장했기에 김종부가 계약을 파기했는지 그 내용은 아직 밝혀진 적이 없다.

고려대 축구부에서는 김종부를 제명했고, 대표팀에서도 제외됐다. 많은 축구인의 탄원으로 겨우 대표팀에 복귀한 김종부는 86년 멕시코 월드컵 불가리아전에서 동점 골을 넣어 대한민국 축구 역사상 첫 월드컵 승점을 안겨준 선수가 됐다.

월드컵에서의 활약에도 불구하고 국내에서의 상황은 달라지지 않았다. 무적 선수가 된 김종부는 1년 가까이 경기를 뛰지 못했다. 87년 11월, 대우가 일방적으로 김종부를 소속팀 선수로 등록해버렸다. 2라운드는 대우의 승리로 보였다.

하지만, 3라운드는 비극적인 결말로 끝났다. 열 받은 현대가 팀 해체를 선언한 것이다. 프로축구의 존폐까지 거론될 만큼 상황이 심각해지자 대우가 김종부를 포기했다. 파문의 책임을 지고 당시 최순영 대한축구협회장도 사퇴하기에 이른다. 김종부 본인은 물론, 고려대·현대·대우·축구협회 모두가 만신창이가 됐다.

* * *

현대가 축구팀 해체를 선언한 며칠 후, 나는 아버지와 함께 계동에 있는 현대 본사를 찾아갔다. 구단 해체의 진위를 취재하기 위해서였다.

마침 현대축구단 구단주인 정세영 현대자동차 회장이 우리를 반갑게 맞아줬다. 나도 정세영 회장이 구면이긴 했으나 그래도 아버지의 도움이 필요했다. 요즘 말하는 '아빠 찬스'였다. 할머니 찬스에 이어 아버지 찬스까지 써먹은 것이다.

아버지는 "아들이 체육 기자라서 축구 문제로 찾아봤다"라고 운을 뗐다. 나는 "회장님, 대우도 김종부 포기했고, 최순영 회장도 사퇴했으니 이쯤 해서 복귀하시죠"라고 말씀드렸다.

그랬더니 갑자기 정세영 회장이 언성을 높이며 "김우중, 그 x같은 xx"라며 원색적인 욕을 쏟아냈다. 깜짝 놀랐다. 솔직히 현대와 대우의 골이 그처럼 깊은 줄은 몰랐다.

정세영 회장은 "그런 얘기 하지 말고 점심이나 먹으러 갑시다"

라며 우리를 롯데호텔 일식집으로 안내했다. 결국 취재는 하지 못하고, 밥만 얻어먹고 왔다.

현대축구단 해체 선언 파문은 거의 두 달 가까이 진행됐다. 정세영 회장의 반응으로 미루어 정말 축구단을 해체할 수도 있겠다는 생각도 했다.

하지만, 최종 결정은 정주영 회장의 몫이었다. "화가 난다고 판을 깨면 안 돼. 해를 넘기지 마라"라는 정 회장의 지시에 따라 현대축구단은 그해 12월 31일 복귀를 선언했다.

* * *

스카우트 파문의 당사자인 김종부는 어찌 됐을까.

김종부는 현대와 대우의 '공동 임대'라는 어정쩡한 형식으로 88년 포철에서 프로선수 생활을 시작할 수 있었다.

90년에야 대우가 선수 한 명과 현금 2,000만 원을 포철에 주고, 김종부를 정식 소속 선수로 데려왔다. 김종부는 드디어 원하던 팀에서 뛰게 됐으나 예전의 스트라이커 김종부가 아니었다.

큰 활약을 하지 못하던 김종부는 93년, 세계 청소년대회 4강 때 감독이었던 스승 박종환 감독이 이끄는 일화로 옮겨 권토중래를 노렸다. 하지만, 일화에서도 빛을 보지 못했고, 다시 대우로 복귀한 95년에 은퇴했다.

'비운의 스트라이커'라는 꼬리표가 따라다녔던 김종부는 97년 거제고 감독으로 지도자 생활을 시작한다.

동의대-중동고-양주 시민축구단-K3인 화성 FC 감독을 거쳐 2016년 경남 FC 감독으로 취임, 프로축구 K리그 감독으로 데뷔했다.

2019년까지 경남에서 감독 생활을 한 김종부는 2021년 중국 허베이 FC 감독으로 옮겼다.

3부

정치인 정주영

1992년 대통령 선거에 출마한 정주영 회장의 대선 포스터. 경제 대통령과 통일 대통령을 내세웠다.

"반값 아파트가 왜 안돼?"
파격적 대선 공약들

    정주영의 생애를 크게 나누면 경제인 정주영, 체육인 정주영, 정치인 정주영이다.

    정치인 정주영을 얘기할 때 겹치는 단어는 통일국민당과 대통령 선거다. 정주영은 1992년 14대 총선과 14대 대선에서 일대 회오리바람을 일으켰다.

    정치인 정주영의 활동 기간은 불과 2년도 되지 않았다. 그의 86년 생애 전체로 보면 아주 짧은 순간이다. 어쩌면 무시할 수도 있다. 하지만, 그 임팩트는 너무나 강해서 그의 일생에서 결코 빼놓을 수 없는 부분이다.

    사실 정주영은 정치와 거리가 먼 사람이었다. 그의 표현대로 '깜장 고무신' 하나 신고 고향을 떠나와서 몸으로, 머리로 오직 돈을 버는 것에만 매진했던 사람이다.

    그가 정치를 해야겠다고 처음 마음먹은 계기는 1980년 전두환 정권이 들어서면서 현대양행을 뺏길 때였다. 정주영은 이때 정치에 휩쓸리는 기업의 처지가 몹시도 원망스러웠다.

당시 그의 나이 65세. 그때도 늦은 나이였는데 실제로 정치판에 뛰어들었던 때는 그로부터 12년이 지난, 77세 때였다.

* * *

통일국민당을 창당하자마자 치른 총선에서 자신을 포함한 31명의 국회의원을 탄생시키고, 곧바로 대통령에 도전했다. 대통령 선거에서 실패한 일은 다 알고 있지만, 그가 내세웠던 공약은 지금 봐도 획기적인 약속이었다. 경제인 출신 정치인의 면모를 확인할 수 있다.

가장 눈에 띄는 공약이 '반값 아파트'다. 정주영이 대통령을 하려는 이유는 단순했다.

"대한민국 국민은 세계에서 제일 똑똑한 국민이다. 내가 대통령이 되면 우리 국민이 미국, 영국 국민 못지않게 잘 먹고, 잘 살게 해주겠다."

정 회장은 '국가는 국민의 의식주를 해결해야 한다'라는 확고한 의식이 있었다. 의衣와 식食은 각자가 해결할 수 있으니 집은 국가가 해결해 줘야 한다고 생각했다.

정 회장은 자기 주변에 있는 사람을 잘 챙겼다. 다 부자로 만들었다. 현대건설 시절 울산에 직원용 아파트를 먼저 지었다. '집이 있어야 마음이 편하다', '직원들이 집 한 채씩은 있어야 한다'라는 지론이었다.

압구정동 현대아파트를 지을 때도 자투리땅에 직원용 현대 맨션을 지었다. 직원들에게 신청을 받아 저가로 분양했다.

70년대 초, 사우디 건설 현장에서 일하던 이익치 비서가 휴가를 받아 귀국 인사차 들렀을 때였다.

"이 비서, 사우디 갈 때 서울 집 팔았지? 그 집 판 돈 은행에 맡겼나? 당장 그 돈 찾아서 압구정동 땅을 사게."

명령 아닌 명령이었다. 압구정동에 가보니 완전 허허벌판이었다. 왜 이 땅을 사라고 하는지 도저히 이해되지 않았다. 아무리 회장의 말이라고 해도 거의 전 재산을 거기에 투자할 자신이 없었다. 후환이 두려워 아주 조금 생색내기용으로 샀다가 나중에 땅을 치고 후회했다. 이명박 전 대통령이 소유한 강남땅은 대부분 현대건설 사장이던 이때 사들인 것이다.

그러니 정주영 회장이 대통령이 되면 모든 국민이 집 한 채씩 갖도록 만들겠다는 약속은 지극히 현실적이고, 당연한 공약이었다.

'압구정동 현대아파트'를 대표작으로 현대건설이 짓는 현대아파트는 최고의 아파트였고, 부의 상징이었다. 그 현대건설의 최고 수장이 반값 아파트를 약속했으니 서민들의 눈이 번쩍 뜨일 만했다.

자기 집을 갖지 못한 중산층 서민이 많이 사는 서울·부산·대구·광주 등 대도시의 열기는 뜨거웠다. 여의도 유세장에는 20여만 명이 몰려 발 디딜 틈이 없었고, 김대중 후보의 텃밭인 광주에서도 30만 명이 몰려들었다. 이 광주 30만 명에 정주영 회장이 흥분했고, 당선을 확신한 계기가 됐다.

그러면 실제로 반값 아파트는 실현 가능한 공약이었을까. 남들처럼 표를 얻기 위한 공약空約은 아니었을까. 당시 정 회장과 함께 정책을 세우고, 선거를 도왔던 측근들의 이야기를 종합하면 절대로 헛소리가 아니었다.

정 회장의 입에서 처음 "아파트 반값"이라는 말이 나왔을 때 의아해하던 임원은 있었다. 당시 분양가의 반값에 분양하면 건설사들이 남는 게 없을 텐데 현대건설이라도 그렇게는 하지 못할 것이라는 생각이었다.

정 회장 특유의 "반값 아파트가 왜 안 돼?"소리가 튀어나왔다.

"나는 거짓말은 안 해."

정 회장의 반값 아파트 비결은 첫째 토지 개발 이익 축소, 둘째 인허가 관련 로비 봉쇄, 셋째 원가절감과 공사 기간 단축이었다.

건설사로 잔뼈가 굵은 정 회장이었다. 아파트를 지을 때 어디서 비용이 많이 들고, 어디서 쓸데없이 새어 나가는지 손바닥 보듯 알고 있었다.

정 회장은 건설사들의 토지개발 이익이 과다하다고 봤다. 여기에서 전체 공급가의 30% 정도를 줄일 수 있다고 생각했다. 그래도 건설사의 적정 이익이 남는다고 계산했다.

정 회장은 인허가 관련 로비 비용에 대해서도 불만이 많았다. 건설 관련 부처와 지자체에 돈을 주지 않으면 진행이 되지 않았다. 이 비용이 전체 공급가의 15% 정도를 차지한다는 게 정 회장의 계산이었다. 대통령이 된다면 과감하게 이 부분에 손을 대서 인허가 로비를 없애겠다는 생각이었다. 이 부분은 건설사의 이익과 상관없으니 로비 비용이 없어지면 건설사로서도 좋은 일이었다. 인허가가 빨리 이뤄지면 공사 기간도 자연히 짧아진다.

'공사 기간 단축'은 정 회장이 평소에 강조하던 비용 절감 방식이다. 공기 단축과 원가절감을 통해 전체 분양가의 10%까지 줄일 수 있다고 봤다. 이렇게만 된다면 공급가를 절반 정도로 낮출 수 있다.

매우 투박한 계산이다. 그래서 이른바 건설 전문가들이 '정주영식 계산법'이라며 실현 가능성이 낮은 공약이라고 평가절하하기도 했다. 하지만, 정주영은 직접 몸으로 부닥쳐서 해결해온 건설 전문가다. 책상머리 전문가와는 다르다. 성글긴 해도 전혀 엉뚱한 계산은 아니다. 정 회장의 지시를 받은 현대건설 임원들이 항목별로 꼼꼼하게 따져본 결과, 결론은 '반값 아파트 공급이 가능하다'였다.

반값 아파트 이외에도 정 회장이 내놓은 공약에는 지금 봐도 파격적인 내용이 많았다.

'경부고속도로 복층화'도 획기적인 공약이었다. 박정희 대통령과 의기투합해서 경부고속도로 건설에 앞장섰던 정주영이다.

정치권의 반대와 현실적인 어려움을 뚫고 기적을 이뤄낸 그가 내놓은 공약이었다. 엄청난 물류 이동과 자가용의 증가로 이미 경부고속도로는 포화상태였다. 세계 어디에도 없는 '복층 고속도로'아이디어가 황당하다는 생각이 들다가도 그게 정주영의 생각이라면 가능할 수 있겠다며 고개를 끄덕이게 된다.

더 파격적이고 재미있는 공약은 '재벌 해체'다. 재벌의 아이콘인 정 회장이 재벌 해체를 주장한 자체가 파격적이다. 물론 지금 진보 진영에서 생각하는 재벌 해체와는 결이 다르다. 다분히 경제인이 정치까지 말아먹으려고 한다는 비판을 의식한 공약으로

보인다. 하지만, 정 회장은 재벌의 문어발식 경영이 국가 경제에
는 도움이 되지 않는다고 생각했다고 한다.

'국가보안법 폐지'도 매우 파격적인 공약이었다. 지금도 국가
보안법 폐지를 놓고 갑론을박하고 있는 현실에서 보면 30년 전
의 이 공약이 얼마나 파격적이었는지 이해할 수 있다. 정 회장은
당시 『시사저널』이 주최한 대통령 후보 초청 토론회에서 "헌법에
사상의 자유가 보장되어있는 만큼 종북 행위를 하지 않는다는 전
제하에 공산당도 합법화할 수 있다고 생각한다"라고 말해 파문을
일으켰다.
　이외에도 초등학교와 중학교 전면 무료급식, 대학 입학 정원제
폐지, 여성부 설립 및 여성할당제 실시 등의 공약은 시대를 앞서
간 공약이었다.

만일 그때 정주영 회장이 대통령이 됐으면 과연 이런 공약들이
지켜졌을까. 개인적으로는 공약의 실현 여부와 상관없이 적어도
외환 위기라는 국가적 재앙만큼은 일어나지 않았을 것이라 생각
한다.

"1억만 줘도 돼"
중공업을 뺏기다

1979년 10월 26일 박정희 대통령이 서거했다. 경제개발 5개년 계획 등 대한민국 경제발전의 초석을 놓았던 지도자였다.

정 회장은 경부고속도로 건설, 현대조선소 설립 등 굵직한 사업들을 밀어붙였던 박 대통령이 허망하게 숨을 거뒀다는 소식에 큰 충격을 받았다. 박 대통령과 정 회장은 여러모로 기질이 비슷했다. 현대그룹이 고속 성장을 할 수 있었던 배경, 정 회장이 마음 놓고 큰 뜻을 펼칠 수 있었던 배경에는 박정희 같은 지도자가 있었기에 가능했다.

79년 12·12 쿠데타로 정권을 잡은 전두환 장군이 80년 5월, 국가보위비상대책위원회 위원장이 됐다. 박정희 서거로 패닉 상태에 빠진 정 회장이 새 실권자로 떠오른 전두환을 챙길 여유가 없었다. 더구나 현대에서는 전두환과의 대화 창구조차 없었다.

국보위는 언론 통폐합과 함께 기업 통폐합에도 손을 댔다. 국보위는 자동차 산업과 발전 산업을 통폐합하겠다며 정 회장에게 자동차와 중공업 중 하나를 선택하게 했다. 남은 건 대우가 맡는다는 구상이었다. "그래도 정주영 회장을 배려해서 먼저 선택권을 준다"라며 생색까지 냈다. 정 회장은 그렇게 못하겠다며 일주일을 버텼다. 버틴다고 될 일이 아니었다. 정 회장은 자동차를 선택했다.

국보위 내부적으로는 발전설비는 정주영이 가져가고, 대우 김우중은 현대자동차를 넘겨받는 걸로 이미 결정돼 있었다.

당연히 정주영이 중공업을 선택할 줄 알았던 국보위는 당황했다. 대우에는 중공업이 없었기 때문이다. 이 결정에 따라 현대양행이 대우로 넘어가고, 대우자동차는 현대로 통합하게 됐다.

그런데 문제가 있었다. 대우자동차의 지분 50%는 미국 제너럴모터스(GM)의 몫이었다. 정 회장이 "통합을 하게 되면 제너럴모터스가 가만히 있겠느냐"며 문제를 제기하자 당시 상공부 장관은 제너럴모터스의 양해를 받았고, 결재까지 했다고 했다. 거짓말이었다. 제너럴모터스가 자신의 권리를 포기할 이유가 없었다. 결국 현대는 대우자동차를 갖고 오지도 못하면서 현대양행만 한 푼 못 건지고 강탈당한 셈이었다.

이 일로 현대양행 창업자인 첫째 동생 정인영 회장은 옥고까지 치렀고, 정주영 회장과 사이도 틀어지게 됐다.

전두환 대통령이 취임했다. 중공업을 송두리째 뺏긴 정 회장이 새 대통령을 좋아할 리 없었다. 정 회장은 회사 내에서 일체 정치 얘기를 꺼내지 못하도록 했다. 당시 실세인 허화평과 친하다고 자랑하던 사장이 있었다. 이 얘기를 들은 정 회장이 "당신, 거기 가서 일해"라고 호통쳤다고 한다.

임원들이 "새 대통령 취임 선물로 얼마나 해야 할까요"라고 묻자 정 회장은 "1억"이라고 했다. 깜짝 놀란 임원들이 "너무 적다" 하자 단호하게 "1억만 주면 돼"라며 말을 끊었다.

정 회장의 성격을 아는 임원들은 더 말을 하지 못하고 물러 나왔다. 임원들끼리는 "왕 회장의 감각이 좀 떨어진 것 같다"고 입을 모았다.

삼성 등 다른 대기업에서는 10억 원을 줬다는 소문이 들려왔다. 임원들은 전두환 정권에 밉보여 현대가 해코지를 당하지 않을까 걱정해야 했다.

"그 돈 있으면 내가 대통령 하지"

정주영 회장이 직접 정치를 해야겠다고 생각하게 된 계기가 바로 80년 현대양행 강탈 사건이었다. 이 사건을 겪으면서 정치 권력에 의해 경제가 좌지우지되는 상황은 달라져야 한다고 생각했다.

정 회장은 후에 "기업을 제대로 하려면 언젠가는 정치를 해야겠다고 생각했다"라고 말한 바 있다.

그 첫발은 6남인 정몽준 현대중공업 사장이 떼었다. 88년 4월 총선에서 정몽준 사장은 울산 동구에서 무소속으로 나가서 당선됐다. 정 의원은 당시 자신에게 출마를 포기하라며 정권 차원의 갖은 압박이 있었다고 고백했다.

아들이 국회의원에 당선되자 정 회장은 무척 좋아했다. TV를 통해 새벽까지 개표 상황을 지켜보다가 당선이 확정되자 직접 전화를 걸어 축하했다고 한다. 정치 쪽으로 외연을 넓히려는 원대한 계획에 교두보가 마련된 것이다.

　정 회장의 정치 야망에 결정적으로 불을 지른 사건은 국세청의 세금 징수였다. 91년 11월, 국세청은 현대가 증여세를 포탈했다며 1,361억 원의 추징세금을 부과했다. 30여 년 전 1,361억 원은 현대가 부담하기에도 큰 금액이었다.

　그 내용도 부당했다. 현대는 87년 비상장 회사의 주식을 처분했다. 비상장 회사의 주가는 회사 가치를 따져 평가한다. 그러나 국세청은 상장된 후 증권거래소에서 거래되는 현 시세로 계산해서 추징금을 부과했다.

　정주영 회장은 이때 극도로 분노한 것으로 알려졌다.

　"그 돈 있으면 내가 대통령 하지. 그래서 법을 바꿔 버릴 거야."

　그러더니 당시 종합기획실장이던 이현태 실장을 불렀다.

　"이현태, 당장 자금 마련해. 선거 준비해."

　정주영 회장은 직접 기자회견을 자청해 추징세금 납부를 거부했다. 강력한 반발이었다.

　"현대는 87년 4월, 정부의 개정 공정거래법에 따라 계열사 상호출자지분을 정리하는 과정에서 불가피하게 주식을 처분했다. 상속, 증여와 관련한 세금만 이미 260여억 원을 냈다. 세금을 더 낼 이유가 없다."

호기는 좋았으나 당시 노태우 정권과 정면으로 맞서기에는 힘이 없었다. 불과 3일 만에 백기를 들었다. 912억 원을 납부하기로 했다. 그러나 완전히 항복한 게 아니었다. 그로부터 한 달 후, 세간에는 정주영의 신당 창당설이 나돌기 시작했다.

***

92년 1월 1일, 정 회장은 새해 차례를 지내기 위해 청운동 집에 모인 가족들에게 정치 참여를 통고했다. 정인영 회장을 비롯한 가족들은 모두 반대했다. 단 한 사람도 찬성하는 사람이 없었다. 기업이나 계속하지 다 늦게 시궁창 같은 정치판에는 왜 뛰어들려고 하느냐고 했다. 아무리 건강하다 해도 만 77세라는 나이를 무시할 수 없다고 했다. 더구나 자칫하면 그룹에 위기가 올 수 있다고 걱정했다.

그때 정 회장이 이렇게 말했다.

"너희들 재산 때문에 걱정돼서 그러지? 내가 고향에서 내려올 때 깜장 고무신 하나 신고 왔어. 최악의 경우 망하더라도 너희들 구두는 신을 수 있지 않겠어? 내 건강 평계 대지 마. 나 건강해."

이 이야기에 모든 가족이 입을 다물 수밖에 없었다고 한다.

1월 3일, 정주영 회장은 그룹 경영에서 손을 뗀다고 발표했다. 창업주로서, 아직 청년처럼 정정한 체력의 소유자로서 경영에서 물러날 때는 아니었다. 그만큼 정치를 해야겠다는 결심이 강했다.

드디어 1월 10일, 정주영이 총재인 통일국민당이 창당했다. 재계 총수가 정당 총수가 된 첫 번째 사례였다. 양당 체제에 심드렁했던 국민은 새 정당의 탄생을 호기심 어린 눈으로 바라봤다.

대한민국 정치에 새바람을 일으키겠다는 정주영의 호소는 제법 먹혔다. 현대그룹 전체가 뛰었다. 인적 물적 지원을 아끼지 않았고, 임직원 상당수는 아예 통일국민당으로 소속을 옮겼다.

3월 총선에서 통일국민당은 지역구 24명, 전국구 7명 등 무려 31명의 국회의원을 탄생시켜 단번에 원내 교섭단체가 됐다.

수도권은 물론이고, 민자당 텃밭으로 여겨지던 대구 경북과 강원도, 그리고 김종필이 버티고 있던 충청권에서도 상당한 의석을 얻었다. 이로 인해 당시 여당인 민자당의 과반 확보가 실패했기 때문에 정치권에서는 엄청난 충격이었다.

정주영 총재는 전국구 3번이었고, 정몽준 의원은 울산 동구에서 재선됐다. 현역 부자父子 의원의 탄생이었다. 이주일·최불암·강부자 등 연예인도 대거 의회에 진출했다.

깨진 대통령의 꿈
당원 2만 명에 달랑 13표

　총선에서 자신감을 얻은 정주영 회장의 다음 단계는 당연히 대선이었다. 14대 대통령 선거에 출사표를 던졌다. 여당인 민정당 김영삼, 야당인 민주당 김대중과 3파전이었다.

　통일국민당에 입당하는 당원이 급증했다. 충분한 자금력을 바탕으로 지역별로 당원 확보에 나섰다. 당원만 1,000만 명에 육박했다. 전체 유권자가 2,600만 명 정도였으니 충분히 당선된다고 생각했다. 지역별로 시시각각 올라오는 보고도 낙관적이었다.

　하지만, 이 모든 것은 거짓이었다. 총선 때는 열심히 뛰었던 현대 임직원들이 대선 때는 그렇지 않았다.
　총선과 대선은 다르다. 대선은 혈연, 지연, 학연, 인맥 등이 모두 작용한다. 현대 직원, 국민당 당원이라는 이유가 정주영 표로 직결되지 않았다.

정주영 후보가 실제로 얻은 표는 388만여 표(16.31%)에 그쳤다. 김영삼(41.96%)과 김대중(33.82%)에게 크게 뒤진 3위였다.

당선을 확신하고 있었던 정 회장은 큰 충격을 받았다. 보고받던 계산과 달라도 너무 달랐기 때문이다.

당원만 2만 명이었던 호남 어느 지역은 개표 결과 정주영 후보를 찍은 표가 달랑 13표였다. 국민당과 현대 관계자들은 눈을 의심했다. 혹시 표가 섞이지 않았나 뒤져볼 정도였다. 당원들에게는 활동비 명목으로 일당도 지급했었다. 선거 기간에 이 지역에만 수십 억원의 일당이 나갔는데 거의 모든 당원이 정주영의 돈만 받아먹고 김대중을 찍은 것이었다.

호남은 극단적인 사례지만 충남 서산도 비슷했다. 서산 간척지 사업과 서산 농장 등 정 회장의 연고지라 할 만했다. 지역구에서는 10만 표를 자신했다. 결과는 2,300표였다.

현대의 텃밭인 울산마저도 정주영을 외면했다. 정몽준 의원의 지역구인 동구에서만 정주영이 1위였다. 다른 지역에서는 2위였고, 심지어 3위인 곳도 있었다.

* * *

김영삼 후보가 대통령에 당선됐다. 3당 합당을 통해 여당의 대통령 후보가 된 김영삼은 김대중 후보와의 맞대결에서 여유 있게 승리할 걸로 예상했다. 그랬는데 생각지도 않았던 정주영이 대선전에 뛰어들어 3파전이 되자 심기가 매우 불편해졌다.

이전에 정주영 회장과 김영삼 대통령은 사이가 매우 좋았다. 정 회장이 13살이나 위였고, 기업인과 정치인이라는 입장은 달랐으나 직설적이고 화통한 스타일이 비슷했다. 일부에서는 '절친'이라고까지 표현할 정도였다.

김영삼이 평생 야당 지도자라는 이미지를 버리고 온갖 비난을 받으면서도 3당 합당을 한 이유는 오직 대통령이 되기 위해서였다. 그런데 정주영 때문에 하마터면 큰일 날 뻔했다는 생각에 대통령이 되고 난 뒤 현대를 압박하기 시작했다.

김영삼은 정주영이 자신을 배신했다고 생각했다. 김영삼은 "1991년 말에 정주영이 당을 만든다는 소문이 퍼져 그를 두 번이나 따로 만나 물어봤는데 그때마다 '당을 만들지 않겠다'라고 확언했었다. 정주영은 사기꾼이고 거짓말쟁이"라고 몰아세웠다.

하지만, 이때까지만 해도 김영삼은 '정주영 회장이 나를 돕기 위해 국민당을 만들었다'라고 생각했다는 측근의 증언이 있다. 정 회장이 대선 출마를 선언한 이후에도 '정주영은 대선에 나오지 않는다'라고 믿었다고 한다. 그러니 대선에서 3파전 끝에 겨우 승리한 김영삼으로서는 믿는 도끼에 발등 찍혔다고 생각할 수밖에 없었다.

현대는 순식간에 초상집 분위기가 됐다. 현대그룹 계열사들은 일제히 세무조사를 받았고, 무자비한 금융 제재가 이어졌다. 은행권의 자금 대출이 모두 중단됐다. 현대는 제2금융권으로부터 조달한 연 12~14%의 고금리 자금으로 겨우 부도를 면하는 처지였다.

현대중공업 비자금 사건과 선거법 위반 등으로 현대 임직원 수백 명이 구속, 또는 불구속으로 기소됐다. 정주영 회장 역시 대통령선거법 위반으로 기소돼 나중에 3년의 실형을 받았다.

정권 차원의 계속된 압박에 더 버틸 수 없었던 정주영 회장은 93년 2월 9일 국회의원직을 사퇴하고 정계 은퇴를 선언했다. 당 대표가 은퇴하자 통일국민당 소속 의원들의 탈당이 이어졌고, 통일국민당도 94년 5월에 소멸했다.

두 사람의 불편한 관계는 2년 이상 계속되다가 95년 광복절 특사로 정주영이 특별사면·복권되면서 관계를 회복했다. 특사 이후 두 사람이 공식 회동을 했다.

김영삼 대통령은 "이제 다른 생각하지 말고, 경제발전에 전념해달라"고 요청했다. 정 회장 역시 "다시는 정치에 참여하지 않고 남은 생은 국가 경제발전에 이바지하겠다"라고 답했다.

"나를 선택하지 않은 대한민국 국민의 실패"
나는 실패하지 않았다

다들 알다시피 정주영 회장은 주장이 매우 강했다. 자기와 생각이 다르면 '다르다'가 아니라 '틀렸다'라고 당당하게 말하는 스타일이었다.

현대 임직원들은 속으로 '어떻게 저렇게 단정을 지을까'라며 불만이 많았어도 감히 왕회장에게 반론을 제기하기 어려웠다. 나중에 보면 결국 정 회장이 옳았다는 게 증명이 되곤 했다.

처음에는 정 회장이 왜 저렇게 얘기하는지 이해하지 못했어도 시간이 지나면 다 이해됐다고 했다. 그때를 생각하며 "너무 신기했다"고 얘기하는 임원들이 아직도 많다.

처음에는 정 회장의 의견에 반대한 사람들이 제법 있었다. 그러나 결과로 이긴 적이 거의 없었다. 특히 사업 문제에서 정 회장과 맞붙으면 백전백패였다. 그러니 점점 반대 의견을 내기 힘들어졌고, 사업적으로는 아예 반대 의견이 없었다.

76년 사우디아라비아 주베일항 공사 입찰할 때 당시 전갑원 상무가 8억 7,000만 달러를 쓰라는 정 회장의 지시를 어기고 자기 맘대로 9억 3,114만 달러를 써낸 것은 매우 이례적인 사건이었다. 전 상무는 실패하면 바다에 빠져 죽겠다는 심정이었다고 했다.

정치는 달랐다. '사업가 정주영'에는 어떤 반대도 할 수 없지만 '정치인 정주영'은 아니었다. 통일국민당을 창당할 때는 임원들의 반대가 많았다.
"사업은 몰라도 정치는 다릅니다."
"괜히 정치권에 밉보일 이유 없습니다."
"창당 의사를 거둬주십시오."
임원들은 거의 읍소를 했다.
이때도 정 회장의 답은 하나였다.
"정치도 도전과 용기다."

정 회장이 정치에 뛰어들겠다고 생각했을 때 처음부터 대통령까지 할 생각은 아니었다고 한다. 창당하고, 교섭단체를 만든 다음 대통령 후보를 내세울 계획이었다. 처음에 대통령 후보로 생각한 사람이 김동길 박사였다. 하지만, 첫 총선에서 당당히 31석을 차지하는 성공을 거두자 직접 대선 후보로 나선 것이다.

정주영 회장의 첫 자서전 제목이 『시련은 있어도 실패는 없다』였다. 주위에서 "대선에는 실패하셨네요"라고 하자 정 회장이 이렇게 말했다.

"많은 사람이 나보고 실패했다고 하지만, 나는 실패라고 생각하지 않아. 나를 선택하지 않은 대한민국 국민의 실패야."

주변에서는 궤변이라고 생각했다. 끝까지 실패를 인정하지 않는 자존심 덩어리라고 받아들였다. 그러나 외환 위기 사태가 터지자 그의 말이 이해됐다는 사람이 많다.

"정주영이 대통령이 됐다면 IMF 사태는 일어나지 않았다."

그건 인정한다. 정주영 대통령이었다면 최소한 국가부도 사태는 막았을 거다.

정 회장의 두 번째 자서전 제목이 『이 땅에 태어나서』였다. 외환 위기가 터지기 직전이었다. 정 회장은 이때 이미 두 번째 대선 출마를 염두에 두고 있었던 것으로 보인다. 92년 대선을 회고하는 부분에서 무리한 표현이 많았다.

책으로 출간하기 전, 최종 원고를 검토한 몇몇 측근이 조심스럽게 조언했다.

"회장님, 이 표현은 좀 고쳤으면 좋겠습니다. 너무 거만한 것처럼 보이지 않을까요."

정 회장이 단호한 표정으로 말했다.
"팩트가 틀린 게 있으면 고쳐. 하지만, 이 표현은 절대 못 고쳐."

무산된 대권 재수

사면 복권된 정 회장이 김영삼 대통령 앞에서 이제 경제발전에 전념하겠다고 했지만, 속마음은 그게 아니었다.

당시 공식 회동 자리에서 김 대통령이 지나가는 말로 "아직도 대통령이 하고 싶습니까"라고 묻자 정 회장이 "그래요. 다시 한번 도전해보고 싶습니다"라고 말했다. 그냥 아쉽다는 표현인 줄 알았으나 그게 진정한 속마음이었다.

정 회장은 죽을 때까지 92년 대선이 부정 선거라고 생각했다. 당시 선거 유세를 할 때 정 회장이 광주에 가면 30만 명이 모였다. 김대중의 텃밭에서도 이 정도 모였으니 당연히 당선될 줄 알았다. 정 회장은 개표 결과에 승복할 수 없었다. 같이 낙선한 김대중의 동교동 집을 찾아가 부정 선거를 함께 문제 삼자고 제안했다. 그러나 "확실한 증거는 없다"라는 정 회장의 말을 들은 김대중은 별다른 반응을 보이지 않았고, 곧 정계 은퇴를 선언했다.

95년 사면 복권 후 현대 명예회장으로 복귀한 정 회장은 다시 열정적으로 일하기 시작했다. 그리고 외환 위기의 그림자가 드리우던 97년 가을, 다시 대선에 출마하겠다는 의지를 비쳤다.

이 사실은 대부분 알려지지 않은 내용이다. 정 회장이 대선 출마와 관련해서는 이내흔 현대건설 사장과 유인균 고려산업개발 사장, 그리고 이익치 현대증권 사장 등 소수의 측근에게만 임무를 맡겼기 때문이다. 정몽구, 정몽헌 회장 등 아들들에게도 비밀로 했다. 당연히 반대할 줄 알았으니까.

이번에는 당을 만들지 않고 무소속으로 출마할 생각이었다. 정 회장은 92년 때보다 97년 당선 가능성이 더 크다고 생각했다. 아직 국가부도 사태는 발생하지 않았지만, 경제 위기는 누구나 느끼고 있던 때였다. 김영삼 대통령의 실정이 드러났고, 무엇보다 경제가 중요하다는 사실을 알게 된 국민이 자신을 지지할 것이라는 확신이 있었다.

그러나 무소속으로 대선에 출마하려면 3만 명의 추천인 명부가 필요했다. 정 회장은 그 작업을 이내흔 사장에게 맡겼다. 여섯 군데에서 5,000명씩 추천서 도장을 받아 중앙선관위에 등록하라고 지시했다. 이 사장은 "그러겠습니다"라고 대답했다.

12월 18일이 등록 마감일이었다. 저녁때쯤 정 회장이 이익치 사장을 호출했다. 목소리에 노기가 가득 차 있었다.

"아니, 이내흔이 이럴 수가 있어? 지가 도망을 가?"

알고 보니 이 사장은 추천서 도장을 받지 않았고, 선관위에 등록도 하지 않았다. 당연히 등록을 마쳤을 거로 생각한 정 회장이 TV로 뉴스를 보는데 후보에 정주영 이름이 없었다. 무슨 착오가 있는가 하고 이내흔 사장을 호출했는데 연락을 받지 않는다는 것이었다.

측근 중의 측근이라고 믿었던 이 사장이 정 회장의 지시를 거역한 것이다. 당시 정 회장의 나이 82세였다. 5년 전 대선 패배로 현대그룹 전체가 위기에 몰렸던 경험을 했던 이 사장이 차마 정 회장 앞에서는 반대하지 못하고, '직무유기'와 '잠적'이라는 방법을 택한 것 같다.

10여 분간 씩씩대며 분을 삭이던 정 회장이 나지막하게 말했다.

"그래도 말이야. 나하고 전생에 원수가 진 사람도 아니고. 내가 사람 잘 못 봤어. 어떻게 연락 하나 없이 보고도 안 하고 이럴 수가 있어?"

정주영 회장의 두 번째 대선의 꿈은 이렇게 허망하게 끝이 났다.

4부

정주영의 대북 사업

1998년 정주영 회장은 소 떼를 몰고 판문점을 넘는, 세계적인 퍼포먼스를 했다.

정주영과 김정일은 여러 면에서 비슷했다. 김정일 위원장은 정주영 회장을 항상 깍듯하게 대했다.

"내가 마지막으로 할 일이 있어"
대북 사업 재개

1997년 가을, 또다시 대선에 출마하려던 정 회장의 꿈은 무산됐다.

실의에 빠져있던 정 회장이 정몽헌 회장과 이익치 사장을 사무실로 불렀다. 정 회장의 입술이 일자로 굳어져 있었다. 무언가 결심이 서면 어금니를 꽉 깨무는 게 정 회장의 특징이었다. 입술 모양만 봐도 '또 결심한 게 있구나' 짐작할 수 있었다.

"내가 마지막으로 할 일이 있어. 내 고향이 금강산 아니냐?"

금강산 얘기를 꺼낼 때 정 회장의 눈빛이 빛났다.

"대북 사업을 재개하자. 금강산 관광 한 번 해보자."

"금강산 관광이요?"

"그래. 금강산 관광. 나는 그게 남북 전쟁 위협도 막고 평화통일로 갈 수 있는 첫 번째 단추라고 생각해. 금강산 관광이 이뤄지면 남한 사람들도 좋고, 북한에도 큰 도움이 될 거야."

정주영 회장의 대북 사업은 89년 1월 첫 북한 방문 때 이미 싹텄다. 정 회장은 당시 북한의 허담 조국평화통일위원장 초청으로 남한 기업인으로는 처음 방북했다. 김윤규 당시 현대건설 상무 등 측근 3명만 수행했다. 남한에서 북한에 가려면 중국을 거쳐서 가는 방법밖에 없었다. 베이징 북한대사관에서 비자를 받아 북한 땅에 들어갔다. 9일간 북한을 돌아본 정 회장은 금강산 및 인근 지역 공동개발, 시베리아 경제개발 계획 공동참여 등을 북측과 합의했다.

이후 남북 고위급 회담(90년), 남북 통일축구대회(90년), 세계탁구선수권대회 남북 단일팀 참가(91년), 세계 청소년축구대회 남북 단일팀 출전(91년), 남북 동시 유엔 가입(91년), 남북 기본합의서 합의(92년) 등 화해 분위기가 이어졌다.

그러나 거기까지였다. 정 회장의 재방북 계획은 당시 노태우 대통령에 의해 제동이 걸렸다. 노 대통령은 북방정책을 강하게 추진하면서도 정 회장이 북한과 밀착되는 것은 경계했다.
다음 김영삼 대통령은 대선에서 자신과 맞붙었던 정 회장과 현대를 압박하는 통에 재방북은 꿈도 꾸지 못했다.

93년 북핵 위기에 이어 94년 전쟁 발발 가능성까지 나오면서 남북 관계는 급속하게 냉각됐다. 북핵 위기는 국제원자력기구가 북한의 핵 개발 의혹을 제기하며 불거졌다. 원자력 기구는 북한에 특별사찰을 받을 것을 요구했다. 6차례에 걸친 사찰 결과 북한 보고서에 있는 플루토늄의 양과 실제가 다르게 나타났다. 북한은 사찰을 거부했고, 한국과 미국은 중단했던 팀 스피리트(Team Spirit) 훈련을 재개했다. 그러자 북한은 핵확산방지조약(NPT)을 탈퇴한 뒤 핵실험과 탄도미사일인 노동 1호 발사를 강행했다.

94년 3월 판문점에서 열린 남북 특사 교환 실무회담에서 북한 대표 박영수 조국평화통일위원회 부국장은 "전쟁이 일어나면 서울이 불바다가 된다"라고 협박해 긴장이 최고조에 달했다.

나중에 밝혀진 일이지만 클린턴 미 대통령은 동해에 항공모함 5척을 보내 북한의 핵시설만 제거하는 '외과수술식 정밀 폭격'을 준비했다. 이 정보를 듣고 깜짝 놀란 김영삼 대통령이 클린턴에게 전화해서 "그렇게 한다면 한반도 전쟁은 불가피하다"며 공습 계획을 막았다.

일촉즉발의 위기에서 구원투수로 나선 사람이 지미 카터 전 미국 대통령이었다. 카터는 94년 5월 판문점을 통해 북한으로 들어가 김일성 주석과 협상을 진행했다. 카터와 김일성은 이 협상을 통해 국제사찰단 조사 허용과 비무장지대에 전진 배치된 군대 철수를 합의하는 동시에 남북 정상회담 개최라는 대어를 낚았다.

김영삼 대통령과 김일성 주석의 만남은 국제적으로도 큰 이슈였다. 협의를 거쳐 역사적인 첫 만남 날짜가 94년 7월 25일로 정해졌다. 그런데 정상회담을 불과 보름 앞둔 7월 8일 '김일성 주석 사망'이라는 급보가 날아들었다. 모든 판이 깨지는 순간이었다.

정 회장도 이때가 가장 아쉬웠다고 했다. 2000년에 김대중 대통령과 김정일 위원장 간의 정상회담이 성사됐으나 김일성과 김정일의 무게감 차이를 생각하면 94년 정상회담이 불발된 것은 지금 생각해도 정말 아깝다.

* * *

정주영 회장은 대북 사업 재개가 자신의 마지막 과업이라고 생각했다. 정 회장은 94년 전쟁 위기를 겪으면서 한반도에 또다시 전쟁이 터지면 안 된다는 생각이 강해졌다. 금강산 관광이야말로 전쟁 억제를 위해 꼭 필요하다는 확신을 하게 됐다.

현대가 대북 사업 재개를 위해 도움을 청했던 사람이 고바야시 교수였다. 일본 아사히 신문사 서울지국장이었던 고바야시 기자는 퇴직 후 규슈 국제대 교수로 있었다. 고바야시가 북한의 대남 공작책임자인 김용순 서기와 라인이 있다는 얘기를 듣고 그에게

SOS를 친 것이다.

고바야시는 아사히 서울지국장 때 만났던 정주영 회장을 기억했다. 고바야시가 "설악산은 매우 아름다운 산"이라고 하자 정 회장이 유창한 일본어로 "설악산은 금강산에 비하면 아무것도 아냐. 내가 볼 때는 금강산의 찌꺼기로 만든 산이야"라고 말했다고 한다.

98년 2월, 중국 베이징에서 현대와 북측의 첫 면담이 이뤄졌다. 정몽헌 회장이 금강산관광 및 개발계획을 설명했고, 북측에서는 송호경 아세아태평양위원회 부위원장이 비료, 비닐, 디젤유와 기타 경제개발 사업에 대한 지원을 요청했다.

3월에 2차 면담이 이뤄졌고, 이때 현대에서 북측에 옥수수 5만 톤을 무상 지원하겠다는 약속을 했다.

이후 실무회담은 김윤규 현대건설 사장이 주도했다. 김윤규 사장이 실무 책임자가 된 것은 정주영 회장의 지시였다. 처음에 정몽헌 회장은 다른 사장을 추천했으나 정 회장이 "김윤규에게 맡겨"라고 일축했다.

북한과의 협상은 예측 불가능하다. 북측의 실무진이 결정할 수 있는 것은 사실상 아무것도 없다. 일일이 윗선에 보고하고, 지시를 받아야 한다. 실무회담을 진행한 현대 담당자들이 "담벼락과 얘기하는 줄 알았다"고 고개를 흔들 정도였다.

　수십 차례의 회의는 의례 새벽 2~3시까지 이어졌다. 그리고 다음 날 오전 8시에 재개됐다. 일종의 체력 싸움이고, 기 싸움이었다. 지칠 만도 했으나 김윤규 사장은 끈질기게 버텼다.

　현대 사람들의 증언에 따르면 "집념과 끈기의 싸움에서 김윤규 사장을 이길 사람은 전 세계에서도 몇 안 될 것"이라고 할 정도였다. 김윤규 사장이 아니었으면 도중에 협상이 결렬됐을 것이라고 했다.

　정주영 회장의 혜안이 여기서도 발휘됐다.

"1,000은 끝나는 수지만 1,001은 이어지는 수"
소 떼 방북

1998년 6월 16일, 정주영 회장은 소 500마리를 몰고 판문점을 통해 북한 방문길에 올랐다. 89년에 이은 두 번째 방북이었다.

'남한의 기업가가 소 떼를 몰고 판문점을 거쳐 북한에 간다.'

이거 하나만으로도 전 세계의 이목을 집중시키기에 충분했다. 소위 말하는 '그림'도 좋았다. 남한의 소 500마리를 실은 트럭들이 줄지어 판문점을 통과해 북한 땅으로 넘어가는 광경은 어떤 예술가의 퍼포먼스보다 뛰어난 퍼포먼스였다. 정 회장의 예술적인 감성이 발휘된 아이디어다.

소 떼 방북의 장관은 TV를 통해 생중계됐으며 전 세계로 송출됐다. 프랑스의 문명비평가 기 소르망이 "1991년 베를린 장벽이 무너진 이래 20세기 마지막 전위예술"이라고 평할 정도였다.

맞다. 정주영의 소 떼 방북은 독일 통일의 상징인 '베를린 장벽

붕괴'와 맞먹는 파괴력을 갖고 있었다.

이 파격적인 아이디어가 처음부터 순조롭게 이뤄진 것은 결코 아니다. 북한 군부는 '판문점을 통해 육로로 북한에 가겠다'는 정 회장의 요구를 강력하게 반대했다. 군사 시설이 노출될 수도 있었고, 북한 군인들의 동요도 우려해서였다. 정 회장의 육로 방북 의지가 워낙 강하니까 북측에서는 "군인들을 설득할 명분을 달라"고 요구하기도 했다.

여기에서도 정 회장의 뚝심이 발휘됐다.

"나는 아버지의 소 판 돈 70원을 훔쳐 서울로 갔다. 나의 사업은 이 원금 70원으로 시작한 것이다. 이 원금을 천 배로 갚는 의미에서 1,000마리의 소를 선물로 가져가겠다. 그런데 소는 비행기나 배로 운반할 수 없다."

나중에 다시 거론하겠지만 현대가 대북 사업에서 주도권을 잡고, 금강산 관광이나 개성공단 개발 같은 사업에 성공할 수 있었던 가장 큰 이유는 정주영 회장과 김정일 위원장의 스타일이 너무나 비슷했기 때문이다.

현대의 대북 사업은 결정권자인 정 회장이 처음부터 주도적으로 결단을 내렸기에 속도전이 가능했다. 북한 사회야말로 철저한 '톱다운 시스템'이다. 김정일 위원장 역시 배포가 맞는 정 회장을 매우 좋아했다. 김정일의 "좋습니다" 한마디면 북한 군부의 반대도 소용없었다.

개성공단 역시 북한 군부에서는 결사반대했으나 정 회장과 김 위원장이 만나서 불과 4시간 만에 전격적으로 결정됐다.

북한에 보내진 소는 서산 간척지 70만 평 농장에서 방목해 온 소 중에서 건강한 소로 골랐다. 소를 운반하기 위한 트럭은 현대자동차 전주공장에서 개조했다.

트럭 한 대에 소 8마리씩 태웠다. 1차와 2차에 걸쳐 트럭 130대가 동원됐다. 트럭 10대당 1대씩 선도차도 있었다. 소를 태운 트럭을 서산에서부터 판문점까지 몰고 온 운전자들은 판문점에서 대기하고 있던 북측 운전자에게 트럭 채 인계했다.

정 회장의 세심함은 트럭에도 숨어있었다. 정 회장은 처음부터 아예 트럭까지 북한에 주고 오려고 했다. 도와주려면 화끈하게 도와줘야 한다는 생각이었다.

하지만, 이건 예정에도 없던 사항이고, 한국 정부의 허락도 얻어야 했다. 소와 함께 차까지 주려면 명분이 있어야 했다. 정 회장의 생각은 '30년 분납'이었다.

'소를 실은 트럭은 북측 운전자들이 몰고 판문점부터 강원도 통천까지 가야 한다. 그들에게 다시 그 트럭을 몰고 판문점까지

오라고 하는 건 무리다. 트럭 가격에 해당하는 돈이든, 물건이든 30년에 걸쳐 받겠다.'

그런데 정 회장의 고민을 한 방에 해결해 줄 사건이 생겼다. 때마침 북한에 구제역이 돌고 있었다. 구제역은 소와 돼지에 옮기는 전염병이라 소를 싣고 북한에 갔던 트럭이 돌아오면 방역이 문제가 된다. 거꾸로 통일부에서 트럭을 갖고 오지 말라는 공문이 왔다. '하늘은 스스로 돕는 자를 돕는다'라는 말은 바로 이런 경우에 쓰는 것 아닐까.

소 떼와 함께 방북한 정 회장은 8일간 북한에 머물면서 경제협력사업과 관련해 약 40명의 북측 인사들을 만났다. 이때 정 회장을 수행한 사람은 모두 14명이었다. 정순영, 세영, 상영 등 동생 3명과 정몽구, 몽헌 등 아들 2명, 그리고 이익치 사장과 김윤규 사장 등이었다.

정 회장은 북한에 도착해서 이렇게 인사말을 했다고 한다.
"본인은 1933년 18세 때 고향인 통천을 떠나 경성에 갔습니다. 1945년은 해방의 해지만, 동시에 분단의 해이기도 했습니다. 이후 본인은 고향에 가지 못했습니다. 1989년 처음으로 고향을 방문했고, 이번에 500마리 소와 같이 판문점을 통해 북쪽에 왔습니다. 소 판 돈 70원을 생각하면서 본인이 남쪽 땅에서 길렀던 소들과 함께 고향으로 가겠다고 생각했습니다. 본인은 어렸을 때 동해의 바닷물로 만든 두부를 잘 먹었습니다. 남쪽의 콩과 북쪽의 해수로 만든 두부를 만들어 먹읍시다. 고향 송전 해수욕장의 아름다운 백사장을 지금도 잊지 않고 있습니다. 이 아름다운 고향의 광경을 남쪽에 있는 손자들에게 보여주고 싶습니다. 소처럼 일하면 잘 살 수 있습니다. 소처럼 평화롭고 인내하고 부지런한 동물은 없습니다. 우리 모두 힘을 합쳐 평화롭고 잘 사는 세상을 만듭시다."

정확하지는 않지만, 대강 이런 내용이라고 전해 들었다.

당시 수행했던 사람들의 말을 종합해보면 정 회장의 말에서 현대의 수익이나 사업 이익보다는 남북의 진정한 교류를 염원하는 뜻을 알 수 있었다고 했다. 순수한 마음으로 고향을 돕겠다는 의지가 강했다고 한다.

정주영 회장은 4개월 후인 10월, 501마리의 소를 추가로 끌고 방북 길에 올랐다.

500마리가 아니고 501마리?

북한에 주기로 한 소가 1,000마리였고, 처음에 500마리를 줬으니 500마리만 추가로 주면 되는데.

여기에 또 정주영의 철학이 숨겨져 있다.

"1,000은 끝나는 수지만 1,001은 이어지는 수거든."

남북 협력이 끝나지 않고 쭉 이어지길 바라는 그의 소망이 이런 작은 부분에도 세심하게 반영돼 있었다.

거듭 느끼는 거지만, 정주영은 단순히 돈을 많이 번 기업가가 아니다. 그는 철학자였다.

그의 세심한 배려는 한 마리를 추가한 것에서 그치지 않았다. 북에 보낼 소를 고를 때 건강한 소는 물론이고, 임신한 소를 우선 포함하라고 지시한 것이다.

그러면 1,001마리가 아니라 1,500마리가 될 수도 있고, 2,000마리가 될 수도 있었다. 진심으로 북한과 고향을 도와주고 싶었던 정주영의 마음을 헤아려 볼 수 있다.

그런데 얼마 후 북한에 보낸 소 중 100마리가 갑자기 죽었다는 연락이 왔다. 건강한 소들로 엄선해서 보냈는데 그럴 리가 없었다. 죽은 소를 해부해보니 배에 어망이 들어있었다고 했다.

어망? 짭짤하니까 소들이 먹었나?

한참 지난 후에 진실이 드러났다. 안기부에서 어망을 먹여서 보냈다는 것이다. 도대체 언제 그럴 시간이 있었는지 모를 일이다. 한 마리라도 더 보내려는 정주영의 마음과 배치되는 일이었다.

***

그러면 소와 함께 보낸 트럭들은 어떻게 됐을까. 2016년 1월에 재미있는 뉴스가 떴다.

미국의 자유아시아방송(RFA)이 "고 정주영 현대그룹 명예회장이 소 떼를 실어 보냈던 남한의 트럭 100여 대가 18년 가까이 북한에서 굴러다니고 있다"고 보도했다.

자유아시아방송은 가장 믿을 수 있는 대북 매체다. 핍박받는 소수민족이나 국가에 대한 자유 정신을 심어준다는 명분으로 미국 의회가 직접 후원하는 매체다. 즉, 북한의 대남 방송이거나 친북 인사들이 운영하는 방송이 아니라는 말이다.

태평양 상공의 위성에서 직접 쏘는 단파방송은 북한 전역에서 들을 수 있다. 그 내용은 주한 미군과 주일 미군 정보국에서 여과한 대북 정보다. 이 정보를 일부 한국언론이 인용 보도하는 것이다. 물론 미국과 미군이 통제하는 정보라 진실이 왜곡될 가능성은 있으나 팩트 자체는 믿을 만하다는 평가다.

자유아시아방송은 중국을 방문한 평양, 양강도, 함경남북도 주민들의 말을 인용해 "남한 트럭들이 자동차회사 마크(현대)를 떼어낸 채 북한 전역의 기업소에 분산되어 지금도 운행되고 있다"고 전했다. 방송은 또 "북한에서는 20년이 넘은 일제 트럭이나 중장비들도 사용되는 실정이라 남한 트럭은 아직도 제 기능을 하는 중요한 운송 수단"이라고 했다.

　그 후로 6년이 더 지난 2022년 현재에도 정주영의 손때가 묻은
그 '소 떼 트럭'이 운행이 되고 있을지 매우 궁금하다.

"5개월 안에 공사 끝내"
북한 장전항 항구 공사

    금강산관광 사업의 큰 틀은 정해졌으나 실무자들이 협의할 문제가 너무나 많았다.

    우선 남한의 관광객들이 금강산에 갈 방법이 없었다. 정 회장이 소 떼를 몰고 갈 때도 북한 군부의 반대가 심했는데 남한의 일반 관광객이 육로로 금강산에 가는 것은 현실적으로 불가능했다. 그렇다고 금강산 인근에 공항이 있는 것도 아니었다.

    이때 나온 아이디어가 해상을 통한 선박 관광이었다. 정몽헌 회장이 현대해상 회장답게 크루즈 선박을 통한 금강산관광 이야기를 꺼내자 북측 실무자들도 두 손을 들어 반가워했다.

    하지만, 문제는 4만 5,000톤급 크루즈 여객선이 닿을 수 있는 항만 시설이 금강산 주위에 없었다.

    가장 먼저 거론된 곳이 원산항이었다. 그러나 원산은 금강산과

100km 정도 떨어져 있어서 다시 차로 이동해야 했다. 게다가 도로도 2차선으로 포장 상태도 좋지 않았다. 원산은 너무 멀고, 사고 위험도 있어서 대상에서 제외됐다.

그다음 고려한 곳이 40km 정도 떨어진 고저항이었다. 현장에 가서 보니 너무나 조그만 어항으로 크루즈 여객선이 정박할 시설을 도저히 만들 수가 없었다.

다음이 장전항이었다. 거리도 가깝고 만灣 형태여서 현대 실무자들은 대형 접안시설을 만들기에 적합하다고 판단했다. 하지만, 장전항은 군사 시설이었다. 잠수함 기지로 사용되고 있다고 했다. 강성 군부에서 절대로 용인할 수 없는 조건이었다.

현대 측은 이곳 아니면 금강산관광 사업 자체가 원천적으로 불가능하다고 강하게 밀어붙였다. 북측 실무진이 김정일 위원장에게 보고하겠다고 했다. 바로 보고가 됐는지 모르지만, 한 달 정도 시간이 지났다. 마침내 "도와주라"라는 김정일의 지시가 떨어졌다.

정주영 회장이 김윤규 현대건설 사장을 불렀다.

"장전항 항구 공사 5개월 안에 끝내. 할 수 있지? 그래서 11월에는 금강산관광을 시작할 수 있도록 해."

일반 사람들이 들으면 무시무시한 지시다. 국내도 아니고 북한에서 하는 첫 공사다. 중장비나 자재나 모두 남쪽에서 갖고 가야 한다. 도중에 무슨 일이 일어날지 모른다. 왕회장의 지시를 거역하거나 맞추지 못하면 어떤 결과가 올지 뻔히 알고 있다.

정주영이 김윤규 사장을 실무 책임자로 지시했을 때는 다 이유가 있었다. 자신의 '할 수 있다'라는 긍정적 사고와 '무에서 유를 창조하는' 창조적 사고가 김 사장의 몸에도 배어 있다는 사실을 알고 있었다.

김 사장은 현장소장과 함께 장전항에서 먹고 잤다고 했다. 매일 2~3시간만 자면서 공사를 진두지휘했다고 하는데 그만큼 전력을 다했다는 말로 이해한다.

사실이 그랬다면 그는 인간이 아니다. 혹시 '리틀 정주영'으로 불린 사람들은 정말 그러지 않았을까 하고 생각할 때도 있다. 극한의 상황과 맞닥쳤을 때 초인의 힘을 발휘하는 게 정주영과, 그를 따르던 '리틀 정주영'들의 주특기였으니까.

6월 20일 공사가 시작됐다. 여름이었다. 5개월이라는 엄명을 받은 실무자들은 현대의 준설선을 가져다가 대형 크루즈가 안벽까지 들어올 수 있는 깊이까지 팠다. 그때까지 크루즈 접안시설을 만든 경험도 없었다.

공사하자마자 장마가 시작됐다. 엎친 데 덮친 격으로 태풍도 두 차례나 몰려왔다. 건설에서 장마 기간은 쥐약이다. 콘크리트가 빨리 마르지 않아 공사 기간이 늘어질 수밖에 없기 때문이다.

그래도 약 4개월 반 만에 공사가 끝났다. 장전항에 5만 톤 급 대형 크루즈 세 척이 들어올 수 있는 번듯한 시설이 완공됐다. 정 회장의 지시보다도 보름 앞당긴 것이다. 이쯤 되면 무시무시한 속도전이다.

지시했던 5개월보다 앞당겨 공사를 완공했다는 보고를 받은 정회장은 특유의 순박한 웃음을 지어 보였다.

"거봐. 되잖아. 잘했어."

나중에 이익치 회장도 "나도 깜짝 놀랐다. 아무리 왕회장 지시라도 최소한 2년은 걸릴 사업을 5개월에 끝낼 수 있을까 반신반의했는데 '역시 현대'라는 자부심이 생겼다"고 술회했다.

여기에서 의문이 하나 생긴다. 통상 '공사 기간 단축'하면 '부실 공사'가 연상되기 마련이다. '빨리'하려면 '대충'해야 하니까.

그러나 현대건설이 맡은 공사 중에서 대충하거나 부실 공사였다고 비난받은 공사가 떠오르지 않는다. 몇 차례 사고는 있었으나 부실 공사로 인한 사고는 아니었다. 무엇보다 최고 우두머리 정주영이 그걸 허용하지 않았다. 정 회장이 강조하는 공기 단축의 비결은 기발한 아이디어와 우직하게 밀어붙이는 성실과 근면이었다.

＊ ＊ ＊

완공된 장전항 부두를 보기 위해 김정일 위원장이 현장에 왔다. 현대에서는 정몽헌 회장과 김윤규 사장 등이 나와 있었다.

김정일이 정몽헌 회장에게 물었다.

"정몽헌 회장 선생, 이 장전항 건설하는 데 얼마나 걸렸죠?"

"약 5개월 걸렸습니다."

김정일은 고개를 크게 끄덕이면서 감탄했다.

"나는 이렇게 크게 공사하는지 몰랐어. 기간이 너무 짧아서 그저 배를 닿게만 해놓는지 알았지. 11월이면 금강산관광이 시작된다고 해서 좀 의아했는데 지금 와서 보니 큰 공사를 한 것이군."

연신 감탄하던 김 위원장이 북측 배석자들을 돌아보며 말했다.

"이거 너희들이 공사했으면 한 2~3년 걸렸겠지? 현대 선생들 대단하구먼."

김 위원장을 따라온 북한군 대장들이나 아태위 관계자들은 모두 꿀 먹은 벙어리였고, 완전히 탈바꿈한 장전항을 둘러보면서 눈만 끔뻑거릴 뿐이었다.

현장에 있던 현대 사람들은 김정일 위원장의 말에서 어깨가 한껏 올라가는 기분을 느꼈다고 했다.

김정일의 기분이 좋은 것을 알아차린 정몽헌 회장이 골프장 얘기를 꺼냈다. 몽헌 회장은 장전항 맞은편 절벽에 골프장을 지어야 한다고 이미 여러 차례 실무진을 통해 얘기한 적 있었다. '바다를 끼고 도는 골프장이야말로 명문 골프장'이므로 그곳에 반드시 골프장을 만들어야 한다고 주장했다.

북측의 반응은 그곳은 군사 시설이 들어선 곳이므로 절대 안 된다는 것이었다. 김용순 아태위원장은 골프장 얘기는 아예 꺼내지 말라고 강조했다.

그런데 몽헌 회장이 김정일에게 골프장 얘기를 꺼내자 김용순은 사색이 됐다. 대장 한 명이 무언가 말하려고 하는 걸 김 위원장이 막았다.

"정 회장 선생 요청대로 해주라. 너희가 그 시설을 다른 데로 옮기라. 관광지에는 위락시설이 있어야 해. 산만 보러 오나? 아무리 명산이라도 술도 있고, 여자도 있어야 하는 거야. 당장 옮기고, 정 회장 선생이 골프장 지을 수 있도록 해 드려라."

즉결이었다. 시원시원했다. 현대 사람들은 그런 김정일의 모습에서 정주영의 모습이 겹쳐 보였다고 했다. 따지고 보면 금강산 관광을 비롯한 현대의 대북 사업은 정주영과 김정일의 합작품이라고 해도 과언이 아니다.

정주영과 김정일
스타일 비슷해 서로 좋아한 두 사람

정주영 회장은 탁월한 전략가였다. 대북 사업을 생각한 처음부터 김정일 위원장과 직접 담판을 해야 한다고 강조했다. 정 회장은 북한에서는 김정일 없이는 아무 일도 진행되지 않는다는 사실을 잘 알고 있었다. 군부나 당의 이해관계를 통제하고, 사업 속도를 올리려면 김정일과의 직접 담판이 꼭 필요했다. 그것은 자신의 스타일과도 딱 들어맞았다.

정 회장은 "김정일이 세계에서 최고 부자다. 북한 땅 전체의 주인이니까. 북한을 다 가져오면 땅값만도 얼마냐. 그러니 우리가 그걸 개발하려면 돈을 줘야지"라고 말했다.

정 회장은 94년 김일성 주석의 사망으로 1차 대북 사업 계획이 무산됐으나 김정일 위원장의 등장으로 가능성이 더 커졌다고 판단했다. 철저한 톱다운 방식인 북한 체제상 김 위원장의 결정은 여전히 절대 위력을 발휘하는 데다 김 위원장이 김일성 주석보다는 좀 더 유연한 스타일이어서 대화하기가 편하다고 생각했다.

89년 첫 방북 후 정 회장은 정몽구 회장에게 대북 사업을 찾아보라고 지시했다. 몽구 회장은 북한에 컨테이너 기지를 만들고, 철도나 공장을 짓는 사업을 구상한 것으로 알려졌다. 하지만, 정 회장은 금강산관광을 첫 사업으로 선택했다.

정 회장은 그 이유에 대해 이렇게 설명했다.
"금강산은 평양과 멀리 떨어져 있어 이곳이 개방되어도 북한 정권에 위협이 되지 않는다. 내 고향도 금강산이니 안 할 이유가 없다. 관광객이 들어가면 북한도 필요한 돈을 벌 수 있다. 남한 사람들도 금강산을 꼭 가보고 싶어 한다. 이 사업은 성공할 수 있다."
김정일 위원장도 금강산관광이 개방에 따른 부담감도 적은데다 외화도 벌어들일 수 있고, 군부의 반발도 어느 정도 막을 수 있는 사업으로 인식했다. 실제로 장전항 개발이나 골프장 건설도 김정일 위원장의 "도와주라"라는 한마디로 해결됐다.

개성공단 역시 판문점에서 불과 4km 떨어진 곳으로 남한 기업에 공단 부지로 내어주기 힘든 곳이었다. 북한은 처음에 신의주 공단 개발을 제의했다. 정 회장은 "거긴 재미없다"며 단칼에 거부하고 "개성을 달라"고 요구했다. 비무장지대가 코앞인 개성에 공

단을 만든다는 발상은 남과 북 누구도 하지 못했다. 북측도 처음
에는 기가 막혀서 "현대 선생들, 이건 좀 이상한 거 아닙니까"라
며 반발했다.

"왜 신의주가 아니고 개성입니까"라는 김정일의 질문에 정 회
장은 "물건을 만들어 남쪽에 팔아야 하는데 신의주라면 불가능하
다"라고 대답했다.

'신의주에서 만든 물건은 중국에 팔아야 하는데 경쟁 상품이
많다. 중국 수출은 시기상조다. 또 공단은 풍부한 전력이 있어야
하는데 신의주에는 전력을 끌어올 데가 없다. 공단에는 남쪽 회
사들이 공장을 세워서 가동해야 한다. 생산된 제품들은 남쪽에서
소모되거나 제3국에 팔아야 한다. 북측은 전력 사정이 좋지 못해
서 남측으로부터 전력을 공급받으려면 가까운 장소여야 한다. 개
성이 가장 경제적 타당성이 있다. 북측에서도 신의주보다는 개성
이 인력 공급에서 유리할 것이다.'

대강 이런 설명이었다.

김 위원장은 맞는다고 생각하면 바로 승낙하는 스타일이었다.
정주영과 비슷하다.

"얘기를 듣고 보니 개성이 좋겠군요. 그렇게 합시다. 내가 오늘
개성공단을 선물로 주겠습니다. 얼마나 필요합니까?"

정몽헌 회장이 얼른 말을 받았다.

"감사합니다. 우선 2,000만 평으로 시작하겠습니다. 필요하면 단계적으로 더 늘리겠지만, 일단은 2,000만 평을 주십시오."

김 위원장은 배석한 관계자에게 지시했다.

"2,000만 평을 드려라. 그리고 내일 아침 정 회장 선생을 모시고 현장을 보여드려라."

다음 날 정 회장을 비롯한 현대 일행은 개성공단이 들어설 2,000만 평을 돌아볼 수 있었다.

정 회장은 김정일 위원장의 이런 화끈한 모습을 보고 대북 사업에 자신감을 얻었다고 했다. '이 사람과 하면 뭐든지 되겠다'라고 생각한 것이다.

이때 정 회장을 모시고 방북했던 이익치 회장은 정주영 회장의 예견대로 김정일 위원장이 즉석에서 결정을 내리는 모습을 보고 '정주영은 북한을 판단하는 데도 천재'라고 생각했다고 한다. 아니, "거의 신神의 경지를 보는 것 같았다"라고 회고했다.

***

98년 10월 어느 날, 밤늦은 시간에 정 회장 일행이 묵고 있는 백화원초대소에 김정일이 찾아왔다. 백화원초대소는 북한의 국빈 숙소로 평양 중심부에서 북동쪽으로 10분 거리에 있다.

"금강산 사업 등 모든 사업은 나누지 말고 정주영 회장 선생이 전적으로 추진하시기 바랍니다. 일단 맡으셨으니 빨리 끝내주십시오. 금년에 수해 가뭄으로 전력이 많이 부족합니다. 주석님 계실 때 통천 앞바다에 비행장 건설을 계획했었습니다. 발해만에 석유가 많이 매장돼 있는데 석유가 생산되면 남측에도 주겠습니다. 개성공단 개발은 관계기관과 협의토록 하고, 실내체육관(정주영 체육관)이 평양에 건립되면 남북 체육 교류도 많이 해야 합니다. 현대건설이 세계에서 최고로 건설을 잘한다고 알고 있습니다."

김 위원장은 준비한 말을 속사포처럼 쏟아냈다.

그러더니 기념사진을 찍자고 했다. 정주영 회장을 가운데 세우고 자신이 옆에 섰다.

"공산당수와 사진 찍는 거, 이거 국가보안법 위반 아닙니까?"

동시에 폭소가 터졌다.

정 회장은 "김정일 위원장이 참으로 약다"라고 표현했다. 김정일은 "우리 민족은 5,000년 내내 주위 강대국에 시달렸다. 그런데 남쪽에 세계 최강의 나라가 떡하니 버티고 있는데 누가 우리를 건드릴 수 있겠는가"라고 말했다.

그는 러시아나 중국을 믿지 않는다고 했다. 당시 고르바초프가 집권하면서 러시아는 대북 원조를 끊었다. 중국도 원조 물량을 반으로 줄였다. 김정일은 미국이나 일본과도 가까이 지내려고 했다. 특정국의 원조에 지나치게 의존하지 않기 위해서였다.

정 회장은 이런 김정일의 생각이 금강산관광 사업에 유리하게 작용한 것으로 분석했다.

2000년 6월 15일, 김대중 대통령과 김정일 위원장 간의 역사적인 남북 정상회담이 열렸다. 그리고 2주일도 지나지 않은 6월 28일, 정주영 회장은 정몽헌 회장과 이익치 회장을 대동하고 원산 목란관에서 김 위원장을 만났다.

"제가 처녀입니다. 정주영 회장 선생에게 드리느냐, 푸틴 대통령에게 주느냐 생각하다가 정주영 회장 선생에게 드리기로 한 겁니다."

김 위원장은 현대와 대북 사업합의서를 체결한 배경을 이렇게 설명했다. 현대와 북한 아태위가 금강산 사업합의서를 만들기 얼마 전에 러시아 푸틴 대통령이 평양을 다녀갔다고 했다. 푸틴은 북한에 수십 년 동안 천연가스를 무상 공급해 주겠다고 제의했다.

김 위원장은 김일성 주석 사망 이후 3년 상을 치르면서 부모상 중에는 근신하는 풍습에 따라 외부에 자신을 드러내지 않았다고 했다. 그러니 누구에게도 보여주지 않은 자신을 '처녀'라고 표현한 것이다. 수십 년간 공급받을 천연가스를 돈으로 환산하면 100억 달러가 넘는데 푸틴이 자신의 처녀 몸값으로 이걸 주겠다고 제의했다는 것이다.

"그런 좋은 조건을 내가 왜 거절했는지 아십니까? 사전예고도 없이 지원을 끊어버렸던 소련을 어떻게 믿습니까?"

앞에서도 거론했듯이 김정일은 고르바초프가 집권하면서 북한에 대한 지원을 일방적으로 중단했던 일을 매우 중요하고도 강하게 인식하고 있었다.

그렇게 푸틴의 제의를 거절한 뒤 현대와 사업합의서를 체결했으니 자기의 처녀를 정 회장에게 준 거 아니냐는 설명이었다. 현대는 금강산관광 사업 대가로 9억 8,000만 달러를 줬으니 10분의 1 가격으로 김 위원장을 산 셈이다. 하지만, 김 위원장도 뜬구름 잡는 100억 달러보다는 당장 손에 쥐는 10억 달러가 훨씬 좋다는 계산을 한 것이다.

식사 도중에 김 위원장이 정 회장에게 물었다.

"1960년대에 북측보다 못살았던 남측이 북측을 추월한 이유가 뭐라고 생각합니까?"

정 회장은 이때 첫사랑이었던 통천 이장 딸이 2년 전 사망했다는 비보를 전해 듣고 힘이 많이 빠져있었다. 정 회장은 이전에 북측에 그녀를 찾아달라고 부탁했고, 송호경 아태위 부원장으로부터 "꼭 찾아주겠다"는 약속을 받았다. 정 회장은 비서에게 가회동에 집 한 채를 마련하라고 했다. 그녀를 찾으면 서울에서 살게하려 했다는 게 측근의 전언이다. 그러나 희망을 안고 방북길에 오른 여덟 번째 방문에서 비보를 듣게 된다. 전쟁으로 통천이 폐허가 되자 청진으로 이사했고, 그곳에서 사망했다는 것이다. 정 회장은 "2년 전에만 알았다면 아산병원에 데려가 살릴 수 있었을 텐데"라며 아쉬워했다고 한다.

정 회장은 동행했던 이익치 회장에게 눈짓을 보냈다. 이 회장이 조심스레 입을 열었다.

"외람되지만 한마디로 남측에는 정주영 회장이 있고, 북측에는 정주영 회장이 없기 때문입니다. 정주영, 이병철 같은 기업인이 남측의 경제발전을 이끌었습니다. 핵보다 무서운 게 배고픈 겁니다. 또 하나는 지정학적으로 북측은 중국, 소련과 가깝게 지냈고, 남측은 미국, 일본과 가깝게 지냈다는 겁니다. 잘 살려면 부자나라와 가까워야 합니다. 그래야 우리가 만든 물건을 사줄 수가 있죠. 미국과 일본은 세계에서 가장 잘 사는 나라인데 중국과 소련은 아직 가난한 나라입니다."

어찌 보면 불편한 이야기일 수도 있었는데 김정일은 그런 기색 없이 경청했다. 배석자들은 열심히 받아적었다. 김 위원장은 그런 자리에 꼭 장군들을 배석시켰다고 한다. 아마 군부의 시각을 바꿔놓으려는 생각이 아니었나 싶다.

한참 이야기를 듣던 김 위원장이 의외의 이야기를 꺼냈다.

"북측은 미군이 남측 지역에 주둔하는 것을 반대하지 않습니다."

정 회장은 전혀 예상하지 않았던 이야기에 깜짝 놀랐다.

"미군이 계속 남아서 북과 남이 전쟁을 하지 않도록 막아주는 역할을 해야 합니다. 그래야 조선 반도의 평화가 유지됩니다."

정 회장은 김정일의 이 이야기를 들으면서 매우 고무됐다고 한다. 97년에 대북 사업 재개를 추진한 가장 큰 이유가 바로 전쟁을 막아야 한다는 것이었으니까.

정 회장은 이날 이후 북한도 전쟁에 대한 두려움이 있다는 생각을 굳혔다고 한다. 안정적인 경제교류가 가능해진다면 현대가 할 일이 더 많아질 거라는 기대감도 더 커졌다.

* * *

정주영과 김정일은 서로 좋아했다. 고수는 고수를 알아보는 법이다. 결정하기까지는 신중하게 검토하지만, 일단 결정하면 전광석화처럼 해치우는 스타일이 너무 비슷했다.

김정일은 정 회장을 깍듯하게 대했다. 너무나 예의 바르고 공손해서 마치 '자식이 아버지를 대하듯'하는 인상까지 받았다고 했다.

사진을 찍을 때도 정 회장을 가운데 세우고 자신이 왼쪽, 정몽헌 회장을 오른쪽에 서게 했다. 항상 "정주영 회장 선생"이라고 불렀고, 정 회장이 방북 기간에 좀 불편하다 싶으면 수시로 스케줄을 변경할 정도로 정 회장을 챙겼다. 냉면을 좋아하는 정 회장의 식성까지 파악해서 매일 아침에 냉면을 대접할 정도였다.

그러니 송호경 아태위 부위원장은 정 회장에게 극존칭을 썼다.

정 회장 역시 김정일 위원장을 매우 좋아했다. 특히 아버지인 김일성 주석에 대한 그의 지극한 효심을 부러워했다. 유교의 엄격한 교육을 받은 정 회장은 부모 3년 상을 실천한 그에 대해 깊은 감명을 받은듯했다. 내심 자기 자식들에게도 그런 모습을 기대하는 것 같았다.

공식 자리가 끝나면 북한 관계자들이 현대 임원들을 찾아와 이것저것 요구하는 게 많았다. 물론 주로 돈(달러)이었다. 현대 임원들은 어떻게 대해야 할지 매우 곤란하고 불편했다.

정 회장은 임원들이 불편해하자 "웬만하면 들어줘라. 이 사람들 얼마나 어렵겠나"라고 말하곤 했다.

5부

아이디어맨 정주영

서산 천수만 간척사업을 지휘하고 있는 정주영 회장.

폐 유조선을 가라앉혀 최종 물막이 작업을 하는 장면

"비~영신, 파일 눕혀서 깔아"

1980년대 충남 서산에 석유화학단지를 개발할 때다. 공장 지역은 둑을 쌓아 만든 곳으로 해수면보다 낮았다. 공장을 지으려면 흙과 돌을 가져와서 메워야 했다.

하필이면 현대와 삼성의 공장이 철망 하나 사이로 붙어있었다. 삼성은 역시 치밀하게 계획을 세워 차근차근 땅을 메우기 시작하더니 어느새 반듯한 공장 대지가 만들어졌다.

건설은 현대가 삼성보다 한 수 위였다. 기술이야 비교할 수 없었지만, 문제는 비용이었다. 당시 총책임자는 현대건설 이내흔 상무(후에 현대건설 사장)였다. 이 상무는 벽을 10m 정도 쌓고, 땅을 메우는 비용이 너무 많이 나와 정 회장에게 보고하는 것도 부담스러웠다.

보고를 받은 정 회장은 "그래? 어디야? 따라와 봐"하더니 성큼 성큼 앞장서서 걸었다.

공사장 부지는 서산만 갯벌이었다. 지반이 무너지지 않도록 갯벌에 수만, 수십만 개의 파일을 박았다. 깊이도 다르고, 지반 형태도 달라서 파일의 높이를 일정하게 맞추려면 들쭉날쭉한 부분을 다 잘라야 했다. 잘라낸 파일이 한쪽에 산더미처럼 쌓여 있었다. 산업 폐기물이다. 이것들을 처리하는 비용만 수억 원이었다.

쓱 둘러보던 정 회장이 입을 열었다.

"비~영신."

이내흔 상무는 깜짝 놀랐다. 자신이 욕먹을 일은 하지 않았다고 생각했기 때문이다.

"일을 이따위로 하면서. 그동안 얼마를 잡아먹었어?"

어쩔 줄 모르고 서 있는 이 상무에게 지시가 떨어졌다.

"이봐. 돌멩이로 벽 쌓고, 여기 버리려고 쌓아놓은 파일들을 눕혀서 깔아 봐."

기가 막혔다. 이렇게 간단하게 해결하다니. 그야말로 도랑 치고, 가재 잡는 해법이었다. 한 번만 둘러봐도 회장의 눈에 보이는 게 왜 다른 사람 눈에는 보이지 않았을까.

하기야 정주영 회장은 이미 서산 간척지 물막이 공사 때 유조선을 가라앉히는 기상천외한 공법을 생각해낸 기인이었다. 세계적으로 화제가 되었던 '유조선 공법'이다. 그러니 폐기물 파일 재활용

정도의 아이디어는 정 회장에게는 매우 간단한 일이 아니었을까.

* * *

서산만은 물살이 세서 물막이 공사가 불가능했다. 1만 톤짜리 돌 수십 개가 필요했다. 결국 농업진흥공사도 포기했다.

박정희 대통령이 정 회장을 불렀다. '하면 된다'라는 신념이 묘하게 일치하는 두 사람이었다.

"정 회장, 한 번 해보겠소?"

이 말이 정주영의 도전 정신을 흔들었다.

"해보겠습니다."

당시 사우디아라비아 건설 현장에서 철수한 장비들이 마침 서산에 있었다. 정 회장의 믿는 구석이었다.

하지만, 늘 그랬듯이 현장의 강한 반발에 부닥쳐야 했다. 현대건설의 토목 전문가들은 일제히 "안 됩니다"라고 외쳤다. 이론으로나 기술로 보나 '현실적으로 불가능'했기 때문이다.

정 회장은 또 불같이 화를 냈다.

"이봐, 해봤어? 생각 좀 해봐."

다음 날 정 회장이 콧노래를 부르며 나타났다. 직원들은 어제 그렇게 화를 내던 회장이 이상해졌다고 수군댔다.

"해체하는 배, 어디 있어?"

배라니 무슨 배? 직원들은 뜬금없는 질문에 허둥댔다.

인천제철은 폐선을 사서 해체한 뒤 고철을 재활용했다. 그때 마침 해체하기 위해 인천제철로 가던 유조선이 있었다. 그 얘기였다.

"그 배, 서산으로 돌려."

측근들은 정 회장이 절체절명의 순간에 빠질 때마다 아이디어가 샘솟듯 솟아나는 것 같았다고 말한다.

정 회장은 평소에 이런 말을 했다.

"내가 무슨 아이디어를 내면 즉흥적이라고 생각하겠지. 하지만, 나는 생각을 많이 하는 사람이야. 절대로 즉흥적인 생각이 아니야."

정 회장은 특히 임원들을 엄청나게 야단쳤다.

"임원은 단잠을 자면 안 돼. 항상 머릿속에 생각을 넣어놓고 자야 해. 계속 생각하다 보면 결국 중요한 것만 남게 되거든. 그러면 복잡하던 문제도 단순 명확하게 된단 말이야."

결론이 나면 곧바로 행동에 옮겨 몰아붙이는 정 회장의 스타일은 결국 평소에 생각을 많이 한 결과다. 실제로 "정 회장의 가르침대로 훈련하니 비슷하게 되더라"고 고백한 현대 임원들이 많다.

고정관념 깨기 전문가

정 회장은 고정관념을 깨는 데 천부적인 자질이 있었다. 아니다. 그게 천부적인 자질인지, 아니면 계속 고정관념을 깨려고 노력하고 생각한 결과인지는 모르겠다.

정 회장은 수시로 임원들에게 "이봐. 당신들 많이 배웠잖아. 그런데 왜 그래? 고정관념이 사람을 멍청이로 만드는 거야"라고 질책하곤 했다.

현대의 수많은 전문가와 기술자들이 '이론적으로' '현실적으로' '경험상' 안 된다고 했다가 번번이 정 회장에게 깨진 사례는 열거하기 힘들 만큼 많다.

정 회장은 그 이유가 고정관념에 있다고 봤다. 아무리 유능한 사람이라도 고정관념이 있으면 위기나 난관에 부닥쳤을 때 형편없이 무능하게 된다고 믿었다. 정 회장은 스스로 '고정관념 깨기 전문가'로 자부했다.

정 회장의 고정관념 깨기는 '공기 단축'이라는 신념과 맞물려 있다. 정 회장은 유독 시간에 집착했다. '시간은 돈'을 넘어 '시간은 생명'이라고까지 강조했다. 인건비나 자재비를 아끼는 게 아니라 공사 기간을 줄이는 게 곧 돈을 버는 거로 생각했다.

사우디아라비아 주베일 공사 때가 압권이었다. 10층 높이의 철구조물을 울산에서 만들어 바지선으로 사우디까지 운반한다는 아이디어는 아무도 생각할 수 없는 무모함이었지만, 그걸 성공함으로써 공사 기간을 엄청나게 단축해버렸다.

***

울산조선소를 지을 때다. 아직 조선소 독dock이 완성되기 전이었다. 독이 없으니 골리앗 크레인을 설치할 수가 없었다. 따라서 대형 엔진이나 블록 등을 인력으로 옮겨야 했다. 작은 조립품이야 특수 트레일러를 동원해서 해결했으나 선수船首 부분 조립이 끝난 1호선을 12m 깊이 바닥까지 운반하려면 골리앗 크레인을 설치할 때까지 기다려야 한다고 했다.

"골리앗 크레인 설치하려면 얼마나 걸려?"

"3개월 정도 걸립니다."

"그럼 그때까지 손 놓고 기다려야 하는 거야?"

"다른 방법이 없습니다."

"기술적으로 그렇다는 거야?"

"예, 그렇습니다."

모든 기술자의 생각이 그랬다. 다른 방법이 없었다.

3개월을 허비하면 선박의 납기를 맞출 수가 없었다. 선주와의 약속은 지키지 못하면 손해를 감수해야 하고, 신용은 떨어질 수밖에 없다. 위기였다.

이때쯤이면 조금은 무식해 보여도 기발한 아이디어가 정 회장의 머리에서 나온다.

"그러면 조립한 블록을 실은 트레일러를 반대편에서 불도저로 당겨서 감속을 주면 경사로를 천천히 내려갈 수 있어 없어? 이론적으로 가능해 불가능해?"

기가 막힌 기술자들이 대답을 못 하자 정 회장의 채근이 이어졌다.

"니들이 그렇게 좋아하는 이론적으로 가능하냐고."

"가능합니다."

그렇게 골리앗 크레인 없이도 쉽고 간단하게 문제가 해결됐다.

* * *

조립 공장을 지을 때였다. 기둥을 세우는 문제로 정 회장과 전문 기술자들이 또 부딪쳤다. 기술자들은 굵은 기둥을 세워야 한다고 주장했다. 통계상 울산지역에 태풍이 불 때 최대 풍속이 초속 60m였으므로 그 강풍을 견뎌내려면 그 정도 강도의 기둥을 세우는 게 당연했다. 전문가들의 주장에 틀린 게 하나도 없었다.

그러나 정 회장의 다음 질문에 모두가 입을 다물 수밖에 없었다.

"공장 벽은 뭘로 할 거야?"

"슬레이트로 합니다."

"그럼 슬레이트 벽은 초속 몇 m 바람까지 견딜 수 있어?"

말문이 턱 막혔다.

"왜 대답을 못 해? 초속 몇 m까지 견딜 수 있냐니까?"

"초속 40m까지는 견딜 겁니다."

"그럼 그 이상 바람 불면 남는 건 뭐야?"

"기둥입니다."

"다 날아가고 기둥만 남는데 그거 남기려고 굵은 기둥 박자는 거야?"

"이런 빈대만도 못한 놈"

이런 일도 있었다. 주베일 항만 공사가 워낙 대규모다 보니 방파제 공사에 쓸 대형 콘크리트 블록만 16만 개가 필요했다. 하루에 최대 200개씩 만들어도 800일이나 걸렸다.

정 회장이 현장에 가서 보니 레미콘 트럭에서 콘크리트를 바로 거푸집에 넣는 게 아니라 크레인 5대가 동원돼 일일이 버킷에 담아 퍼넣고 있었다. 당장 현장소장을 불렀다.

"왜 콘크리트를 직접 거푸집에 넣지 않는 거야?"

"레미콘 트럭의 콘크리트 배출구하고 거푸집 높이가 맞지 않아서 그렇습니다."

정 회장이 폭발했다.

"이런 빈대보다 못한 놈아!"

(정 회장이 인천 부두에서 막노동할 때 노동자 합숙소는 빈대 지옥이었

다. 꾀를 내어 밥상에 올라가서 자기 시작했는데 잠시 뜸하더니 곧 밥상 다리를 타고 올라와서 물었다. 다시 머리를 써서 밥상 다리 네 개를 각각 물양재기에 담가놓고 잤다. 이번에는 올라오지 못하겠지 했는데 며칠 후부터 또 물었다. 이상해서 살펴보니 빈대들이 벽을 타고 천장에 올라간 뒤 사람 몸 위로 떨어져 물더란다. 정 회장은 장애를 넘기 위해 연구하고 노력하는 빈대를 보고 큰 깨달음을 얻었다고 했다. 그래서 연구하지 않는 사람에게 '빈대만도 못한 놈'이라고 욕하곤 했다)

"레미콘 배출구를 거푸집 높이에 맞춰 개조하면 될 거 아냐."

말은 쉬워 보이지만 레미콘 트럭을 개조한다는 발상은 아무나 할 수 있는 게 아니다. 이미 복잡한 설계도와 여러 공정을 거쳐 완성된 특수 차량이다. 가격도 비싸다. 더구나 고장 나지 않은 멀쩡한 차를 개조한다는 생각은 보통 사람들이 결코 상상할 수 없는 영역이다. 그런데 정 회장은 너무나 쉽고 간단하게 해결해 버렸다.

레미콘 배출구를 개조하자 당장 하루 생산량이 200개에서 350개로 늘었다. 공사 기간이 1년 3개월로 줄고, 크레인을 쓰지 않아 작업 인력도 줄었다.

정 회장은 "머리는 그냥 얹혀 있는 게 아니야. 생각하라고 달린 거야"라며 임직원들을 다그쳤다. 요즘 '머리는 장식으로 달고 다니냐'라는 우스갯소리는 이미 50년 전에 정주영이 했던 말이다. 현대 임원들은 정 회장에게 '생각하는 불도저'라는 별명을 붙여줬다.

＊ ＊ ＊

정 회장이 평소에 가장 많이 질책한 순서는 회장-사장-임원, 그리고 관리직원 순이었다. 질책할 때 항상 따라붙는 말이 "생각 좀 해봐"였다.

현장 근로자들에게는 거의 만점을 줬다. 물론 예외는 있었다. 아무리 현장 근로자라 해도 멍청하게 일할 때는 여지없이 큰소리가 나왔다. 자기가 쓴 파이버를 벗어서 근로자의 머리를 때린 적도 있다.

경부고속도로 건설 때였다. 산을 깎아내는 작업을 하던 불도저 기사가 밑에서 위로 올라가면서 흙을 떠내고 있었다. 그 모습을 보던 정 회장이 불같이 화를 냈다.

"저놈 누구야. 저놈 데리고 와."

갑자기 회장의 호출을 받은 불도저 기사가 영문도 모르고 엉거주춤 섰는데 느닷없이 회장이 파이버를 벗어 머리를 때렸다. 비록 쓰고 있던 파이버 위를 때린 거지만 큰 충격을 받았을 것이다.

"이봐, 불도저는 위에서 밑으로 내려오면서 작업해야 하는 거야. 밑에서 위로 깎으면 기름도 두 배로 들고, 능률도 떨어지잖아. 생각 좀 해봐. 멍청한 놈 같으니라고."

잔디가 없으면 보리싹으로

정 회장은 미군정 말기인 1947년에 현대건설의 모태인 현대건업사를 차렸다. 마침 주한미군 통역으로 근무한 첫째 동생 인영 씨의 도움으로 주한 미군 관련 공사를 많이 따냈다.

전쟁이 터지자 부산으로 피난 갔던 정 회장은 9·28 수복 때 미군과 함께 서울로 올라왔다. 그리고 미8군 발주 공사를 거의 독점하다시피 했다.

휴전 직전인 52년 12월, 정 회장의 뚝심과 아이디어가 번쩍인 사건이 생겼다. 당시 현대는 부산의 유엔군 묘지 단장 공사를 하고 있었다. 그때 한국전에 참전한 각국의 합동사절단이 내한했다. 일정 중에 부산의 유엔군 묘지를 참배하는 계획도 있었다. 명색이 사절단으로 한국까지 왔는데 한국전에 참전해서 사망한 자국의 군인들을 참배하는 것은 당연했다. 하지만 유엔군을 안장한 묘지는 아직 제대로 모습도 갖추지 못했고, 전시에 뗏장도 구하지 못해 황량한 흙바닥이 그대로 드러난 상태였다.

파견국의 사절단이 참배하는데 남의 나라의 전쟁터에 와서 산화한 자기 군인들을 이렇게 초라한 곳에 모셨다는 말을 듣고 싶지 않았다. 발등에 불이 떨어진 미8군 사령부는 정 회장에게 기상천외한 주문을 했다.

"유엔군 묘지를 푸르게 만들어달라."

12월이었다. 풀 한 포기 나지 않는 엄동설한에 무슨 재주로 묘지를 푸르게 만들 것인가. 온실이나 비닐하우스는 존재하지도 않을 때였다. 게다가 시간이 넉넉한 것도 아니었다. 참배는 불과 닷새 후였다.

모두가 불가능이라며 포기하려는 순간 정 회장의 머리에 기발한 아이디어가 떠올랐다. 정 회장은 발상의 전환을 얘기할 때마다 "콜럼버스의 달걀이 별거냐"라고 얘기하곤 했다.

정 회장은 미8군 관계자에게 "어떻게든 풀만 푸르게 나 있으면 되는 거냐"라고 물었다. "그렇다"라는 대답을 들은 정 회장은 아이디어 비용을 포함해서 실제 공사비의 세 배를 요구했다. 세 배 아니라 열 배라도 아깝지 않은 그들과 즉석에서 '유엔군 묘지 녹화 공사'라는 계약서를 썼다.

그러곤 즉시 주변에 있는 트럭 30대를 끌어모았다. 정 회장이 떠올린 아이디어는 낙동강 주변 모래벌판에 있던 보리밭이었다. 보리는 이제 막 푸릇푸릇 싹을 틔우고 있었다.

정 회장은 보리밭을 통째로 산 뒤 보리싹들을 떠서 묘지에 옮겨 심었다. 훌륭했다. 이렇게 엄동설한에 '푸르른 묘지'는 완성됐다. 잠깐 와서 참배하는 사절단이 이게 잔디냐, 보리냐 물을 것도 아니었다. 속임수라고 비난할 여지도 없었다.

계약하고 나서도 반신반의하던 미군 관계자들은 정 회장의 마술 같은 솜씨를 확인하고선 눈을 동그랗게 뜨고 "원더풀"을 연발했다. 너도나도 엄지손가락을 치켜들고 "굿 아이디어"를 외쳤다.

물론 정 회장은 이듬해 봄에 보리를 걷어내고 잔디를 입히는 작업까지 마쳤다.

1988년 서울올림픽 때 아직 정비 작업이 끝나지 않아 맨흙이 드러난 한강 고수부지에 푸른색 페인트를 뿌려 멀리서 보면 마치 잔디처럼 보이게 한 적이 있다.

정 회장의 보리싹 아이디어는 그보다 36년 전이었는데도 훨씬 독창적이었다.

"사면이 바다인데 소금을 왜 뿌려?"

정 회장은 등 떠밀려서 대한체육회장이 됐으나 특유의 근면함으로 이 일도 소홀히 하지 않았다.

1984년 5월 제주에서 제13회 소년체전이 열렸다. 제주는 1984년을 '제주체육 혁신의 해'로 여긴다. 이 소년체전이 제주에서 처음 열린 전국 단위 행사였기 때문이다. 소년체전을 치르기 위해 제주종합경기장 메인스타디움은 물론 수영장, 야구장, 테니스장도 새로 지었다. 당시까지 스포츠 불모지였던 제주에 스포츠타운이 형성된 것이다.

제주에서 처음 열리는 전국 행사의 의미는 컸다. 전국체전도 아니고, 소년체전이었음에도 5월 25일 개막식에 전두환 대통령과 이영호 체육부 장관, 정주영 대한체육회장이 총출동했다.

대통령이 관심을 가진 행사였으므로 정 회장은 수시로 준비사항을 점검했다. 특히 새로 짓는 경기장 시설을 세심하게 살폈다.

개막을 3개월 앞둔 84년 2월에도 정 회장은 제주를 찾았다. 국내 언론도 제주에서 처음 열리는 소년체전에 신경을 썼고, 준비가 제대로 될 것인지 관심사였다. 정 회장은 이때 대한체육회 출입 기자들과 함께 가서 준비사항을 점검했다.

완공을 앞두고 있던 테니스장을 찾았을 때였다. 공사 현장에서는 인부들이 테니스 코트에 소금을 뿌리면서 롤러로 바닥을 다지고 있었다.

물끄러미 이 모습을 지켜보던 정 회장이 "현장소장이 누구냐"고 물었다. 당시 최재영 도지사가 현장소장을 불렀다.

정 회장은 현장소장에게 "테니스 코트를 다질 때 왜 소금을 뿌리는 거냐"고 물었다.

현장소장은 자신 있게 대답했다.

"소금을 뿌려야 흙이 단단해지고, 잡초가 자라지 않습니다."

현장소장의 대답을 들은 정 회장은 헛웃음을 지었다.

"내가 그걸 몰라서 묻는 것 같소?"

당황한 소장이 잠시 멈칫하는 사이 정 회장의 말이 이어졌다.

"제주는 사면이 바다잖소. 바닷물이 소금물이지? 5분만 나가면 바다인데 바닷물을 길어다가 뿌리면 되지 왜 비싼 소금을 따로 뿌리냐는 거야."

소장뿐 아니라 현장에 있던 기자와 체육회 관계자들 모두 깜짝 놀랐다. 바닷물이 소금물이라는 건 어린아이도 아는 상식이다. 하지만 현장에 적용하는 것은 다르다.

보통 사람은 생각하지 못하는 역발상. 정 회장의 비상한 머리와 아이디어를 확인한 순간이었다.

"그럼 사이즈 키워"
쏘나타 탄생 비화

포니Pony를 빼놓고 현대자동차를 얘기할 수 없다.

포니는 현대자동차의 첫 독자 생산 모델로 대한민국 최초의 고유모델이기도 하다. 1975년에 첫 대량생산에 돌입해 15년간 사랑받다가 90년에 단종됐다. 현대자동차에 '포니 헤리티지 팀'이 있을 정도다. 자동차 박물관을 만들고, 포니 복원 사업도 준비하고 있다. 포니 전기차도 만들 계획이다.

그런데 정주영 회장이 진짜 공을 들인 차는 포니보다 스텔라Stellar였다. 포니는 소형차(1,238cc와 1,439cc)였고, 정 회장은 당시 포드에서 수입한 그라나다(1,500cc)를 탈 때였다.

대형차가 필요해서 개발한 차가 바로 스텔라였다. 83년부터 생산하기 시작한 스텔라야말로 현대자동차가 직접 설계하고 플랫폼을 만든 후륜구동 승용차였다. 휘발유 차량은 1,400cc에서

1,800cc까지였고, LPG는 2,000cc짜리도 있었다. 88년 서울올림픽 공식 승용차로 선정돼 세계에 이름을 알리기도 했다.

중형차인 스텔라가 등장하자 인기 폭발이었다. 정 회장은 스텔라에 대해 애착과 자부심이 있었다. 관심도 많아서 생산 초기였던 83년과 84년에는 정 회장이 직접 울산공장 회의실에 자주 내려왔다.

하지만, 스텔라의 판매 순위가 1위가 아니었다. 당시 대우자동차가 독일에서 수입한 레코드 로열(2,000cc)에 밀렸다.

정 회장의 분노가 폭발했다.

"스텔라가 왜 레코드보다 안 팔려? 판매 담당 일어나 봐. 자네 전공 뭐야? 대학 어디 나왔어?"

"한양대 화공과 나왔습니다."

"화공 전공한 사람이 자동차 판매할 수 있어? 머리가 못 따라가니까 머리카락이 허옇게 되지."

현장에서 대놓고 깨는 게 정 회장의 특기였다. 백발이던 판매 담당 이사는 다음 날 머리카락을 까맣게 염색하고 출근했다고 한다.

"스텔라가 레코드보다 사이즈가 작습니다. 큰 차를 타려는 사람 중에는 아무래도 중형차보다는 대형차를 선호하는 사람 많습니다."

이 한마디가 정주영의 심기를 건드렸다.

"그래? 레코드가 사이즈가 더 커서 잘 팔린다고? 그럼 우리도 사이즈 키우면 되잖아. 스텔라 폭도 늘리고, 전장도 늘려."

즉석에서 왕회장의 지시가 떨어졌으니 현대 자동차 전체에서 난리가 났다. 스텔라의 크기를 키울 수 있는 모든 방법이 동원됐다. 라디에이터 그릴을 바꾸고, 범퍼를 앞으로 뺐다. 번쩍거리는 몰딩도 추가했다.

왕 회장이 물었다.

"이거 다 바꾸는데 얼마나 걸려?"

"라디에이터 그릴이 제일 문제입니다. 6개월 정도 입니다."

"왜 그렇게 오래 걸려?"

"금형을 일본에서 만들어갖고 와야 합니다."

"그래? 라디에이터 그릴 갖고 와봐."

라디에이터 그릴은 6줄이었고, 은박도금이 돼 있었다.

"금형은 몇 명이 파?"

"보통 한 명이 합니다."

"그럼 여섯 명이 한 줄씩 파면 한 달이면 되겠네."

자재 담당의 말문이 막혔다.

"일본에 연락해서 한번 해보겠습니다."

정 회장의 아이디어를 일본의 금형 회사에 전달했다. 한 달은 아니었지만 3개월 만에 금형이 도착 할 수 있었다.

당시 기술 책임자였던 이충구 사장은 "당시에 우리가 할 수 있는 모든 조치는 빼놓지 않고 다 했다고 보면 된다"라고 말했다.

그래서 나온 승용차가 현대자동차의 최고 히트작인 쏘나타 Sonata다. 85년에 스텔라의 후속작으로 처음 모습을 보인 쏘나타는 선풍적인 인기몰이를 했다. 인기를 시샘한 일부에서 첫 이름인 '소나타'를 '소나 타'라며 비아냥대자 이름을 '쏘나타'로 바꾸는 해프닝이 일어나기도 했다.

쏘나타는 2022년 현재 8세대 모델까지 진화하면서 37년째 한국을 대표하는 중형차로 자리매김하고 있다.

생각해보면 생산 현장에서 즉석 신차 개발 회의를 한 셈이었다. 사실 신차 개발은 설계자, 디자이너, 기술자, 판매, 홍보 등 거의 모든 관계자가 몇 년 동안 머리를 맞대고 끙끙대야 하는 작업이다.

그런데 판매 보고하는 자리에서 회장의 "그럼 사이즈 키워"한 마디에 신차가 개발됐다는 이야기를 어떻게 받아들여야 할까. 그것도 최고의 히트작을.

엉터리라고 해야 하나, 운이 좋았다고 해야 하나. 현상만 놓고 보면 운이 좋았다는 해석이 맞을 것이다.

그러나 정주영 회장이 평소에 말했듯이 '잘 때도 항상 생각하

고, 연구하고, 고민하면서 결코 단잠을 자지 못했던'결과라고 해
석하고 싶다.

"깡통이라도 두드려"

정주영 회장은 동생 인영 회장의 강력한 반대에도 불구하고 중동 건설 현장에 진출한다. '돈이 있는 곳에서 돈을 벌어야 한다'라는 지론에 따른 것이었다. 당시 중동에는 '오일 달러'가 넘쳐나고 있었다.

현대건설은 1975년 바레인 발전소 공사 수주를 시작으로 78년에는 이라크 알주베 항 건설을 맡았다. 당시에는 이라크의 정세가 불안정한 상태였다. 이웃 나라인 이란과 사이가 나빠 언제 전쟁이 터질지 몰랐다. 따라서 다른 국내 건설사들은 눈치를 봤으나 정 회장은 과감하게 이라크에 진출한 것이다.

조마조마하던 일이 드디어 터졌다. 80년 이란-이라크 전쟁이 발발했다. 현대건설은 현장 건설노동자들을 철수시켜야 했다. 당시 현장 담당자가 이명박 회장이었다.

이 회장은 정 회장에게 "전쟁이 터졌습니다. 노동자들을 철수시키겠습니다"라고 보고했다.

이때 정 회장의 대답은 "철수하면 안 돼"였다.

전쟁이 터졌는데 철수하지 말라니 이해가 되지 않았다.

"철수하면 공사 중단이잖아. 그러면 지금까지 공사에 들어간 비용을 하나도 받지 못해. 위험하니까 진짜 공사는 하진 말고, 계속 공사하는 척을 해."

"공사하는 척을 어떻게 합니까?"

"가림막을 쳐서 외부에서 못 보게 하고, 안에서 빈 깡통을 두들기든지 해서 공사하는 것처럼 요란하게 하면 되잖아."

그때부터 현대건설 노동자들은 정말 위험할 때는 철수했다가 잠잠해지면 다시 돌아와서 깡통을 두들기는 일을 반복했다.

전쟁 중에는 공사대금을 받지 못하는 걸 뻔히 알면서도 정 회장은 오히려 공격적으로 나갔다. 남들이 안 하는 공사를 계속 수주해나갔다. 이라크의 초기 인프라 공사 중 현대건설이 참여하지 않은 곳이 거의 없었다.

무려 8년 만에 전쟁이 끝났다. 미수채권 정산에 들어갔다. 현대건설이 받아야 할 돈 중 50%만 받았다. 나머지 절반은 결국 받지 못했다. 하지만, 정 회장의 결단이 없었으면 그 50%도 받을 수 없었다.

물론 매몰 비용(sunk cost, 되돌릴 수 없는 비용. 실행한 이후에 발생하는 비용 중 회수할 수 없는 비용)에 대해 생각해 볼 여지는 있다. 전쟁 발발 당시에 철수했다면 오히려 전체 피해액을 줄일 수 있었기 때문이다.

그러나 그것은 전쟁이 예상보다 훨씬 긴, 8년이나 지속된 데 따른 결과론이다.

6부

정주영의 혜안

대한민국 최초의 독자 모델 자동차인 포니 앞에서 포즈를 취한 정주영 회장

정주영 앞에서는 KS도 개뿔

알다시피 정 회장은 정식 교육을 많이 못 받았다. 고향에서 소학교를 나온 게 전부다. 하지만 다섯 살 때부터 3년간 서당에서 천자문, 동몽선습, 명심보감, 소학, 사략 같은 걸 배웠다고 했다. 이때 매를 맞으며 외웠던 문장과 시를 잊지 않았고, 나중에 현대 회장이 된 후에도 심심하면 찾아서 읽곤 했다.

정주영 회장뿐 아니라 동생들도 모두 머리가 좋아 어깨너머로 본 걸 다 외워버릴 정도였다. 정 회장은 서당에서 많이 배운 바람에 오히려 소학교 들어가서는 배울 게 없어 실컷 놀았다고 했다.

그리고 보면 정 회장의 지식은 모두 독학해서 얻은 것이었다. 그런데 그 지식이 어마어마했다. 정주영 밑에서 일해본 사람들은 전부(대부분이 아니다) 그의 박학다식에 입을 다물지 못했다. 심지어 "KS(경기고-서울대)도 정 회장 앞에서는 개뿔도 아니다"라고 공언하는 사람도 있다. 실제로 수많은 박사와 전문가들이 정 회장 앞에서 망신을 당한 적이 한두 번이 아니다.

박학다식의 기본은 엄청난 독서량과 신문 열독이다. 정 회장이 고향에서 농사일을 끝내고 매일 이장 집을 찾아가 신문을 읽었다는 사실은 많이 알려져 있다. 그때 정 회장은 문화면의 장편소설을 가장 먼저 읽고, 다음 사회면을 봤다고 한다.

한창 사업에 바쁠 때도 정 회장은 신문 읽기를 거르지 않았다. 매일 새벽 네 시면 일어나 곧바로 한 시간 이상 조간신문을 정독했다. 석간도 30분 이상 봤다. 그러니 다양한 지식과 상식이 쌓여 갔다. 그의 기발한 아이디어와 통찰력은 수십 년 동안 신문 읽기의 결과물이 아닌가 싶다.

쌀가게 점원 시절 돈을 벌면 소설책을 사서 읽기도 하고, 빌릴 수 있는 책은 다 빌려서 봤다는 사실은 할머니를 통해 확실하게 증명됐다. 좋은 글은 모조리 외웠고, 직접 연극 대본을 쓰기도 했다. 어렸을 때부터 형성된 독서 습관은 꾸준히 이어졌다.

정 회장이 특히 좋아했던 책은 위인들의 전기였다. 플루타르크 영웅전부터 나폴레옹, 링컨, 세종대왕에 이르기까지 어지간한 전기는 섭렵했다고 알고 있다.

***

정 회장의 영어 실력도 화제였다. 정 회장이 공식 자리에서 영어를 쓰는 걸 들어본 사람은 별로 없다. 실제로 영어를 거의 쓰지 않았다. 그러나 영어를 할 줄 몰라서 안 하는 게 아니었다. 정확한 의사 전달을 위해 전문 통역을 써야 한다는 생각이 확고했다.

1983년 홍콩에서 제12회 여자농구 아시아선수권대회가 열렸을 때 일이다. 75년 방콕 대회부터 이 대회에 참가한 중국은 출전하자마자 3회 연속 우승을 차지했고, 이 대회에서도 우승을 노리고 있었다. 한국이 2위와 3위를 번갈아 할 때였다. 82년부터 대한체육회장 겸 대한올림픽위원회(KOC) 위원장을 맡고 있던 정 회장도 이 대회를 보러 갔다.

하루는 정 회장이 만찬을 주최했다. 중국과는 아직 수교 전이었다. 만찬 주최자로서 인사말을 할 때였다. 대한체육회의 영어·불어 통역 전문가가 통역을 맡았다. 당시 상황을 옮겨본다.

정 회장
"대한민국은 3,500만 인구를 가진 나라입니다."
통역
"(영어로) 대한민국의 인구는 4,000만 명입니다."

정 회장

"이봐, 내가 언제 4,000만이라고 했어?"

통역

"회장님, 우리나라 인구는 현재 4,000만입니다. 그래서 제가 수정해서 통역했습니다."

정 회장

"통역이 그대로 전달해야지 왜 함부로 고쳐."

인사말 도중에 벌어진 해프닝이었다. 다시 인사말을 이어갔다.

정 회장

"소련군이 평양에 진군해서 북한을 점령했고."

통역

"(영어로) 소련군이 평양에 진군, 북한을 지배했고, 1950년에 한국 전쟁이 일어났다."

정 회장

"이봐, 내가 언제 한국 전쟁 얘기했어?"

통역

"추가 설명을 곁들였을 뿐입니다."

정 회장

"이 사람, 이거 안되겠구먼."

통역은 나름 센스 있게 하려고 했다가 정 회장이 정확하게 지적하는 바람에 혼이 났다고 한다. 다음부터는 정 회장 말을 그대로 옮겼음은 물론이다.

정주영 회장이 전경련 회장 시절, 한국-대만 경제협력위원회에 배석했다가 정 회장의 영어를 직접 들었던 현대 임원이 있다. 그의 증언에 따르면 정 회장의 영어는 실전 영어라고 했다. 짧게 요점만 얘기하는 형태였지만 웬만한 사람보다 훨씬 커뮤니케이션이 잘 됐다고 했다.

정 회장은 과거 언론 인터뷰에서 자신은 자동차 부속품 이름으로 영어를 배웠다고 말했었다. 40년대 자동차 수리업체인 '아도 서비스'를 인수했을 때 영어로 된 자동차 부속을 모두 외운 게 영어 실력의 기초가 됐다는 것이다.

보험 들었으면 못했지

유명한 사우디 주베일 항만 공사 때 일이다. 공사 기간은 불과 36개월이었다. 정상적으로 공사를 한다면 도저히 맞출 수 없는 기간이었다. 10층 높이 철골 구조물을 울산조선소에서 제작해 바지선에 싣고 간다는 정 회장의 아이디어는 전문가들이 볼 때 허무맹랑한 생각이었다.

세계 최대 태풍권인 필리핀 해양을 지나 동남아 해상, 인도양을 거쳐 걸프만까지 바지선으로 끌고 가는 계획은 그 자체가 무모한 거였다. 울산에서 주베일까지 1만 2,000km, 경부고속도로를 열다섯 번 왕복하는 거리였다.

그걸 육상도 아니고 해상으로, 그것도 바지선으로 끌고 간다는 계획에 단 한 명도 "좋은 아이디어"라고 찬성하지 않았다.

하지만 한번 결정한 후에는 전광석화처럼 해치우는 게 정 회장의 특기였다.

"건설은 즉각 결정해야 해. 우물쭈물할 시간이 없어. 시간이 곧 돈이야."

결국 정 회장의 계획대로 진행이 됐다. 그러자 배를 끌고 가는 책임을 진 선장이 말했다.

"험한 뱃길을 총 33회나 가야 합니다. 반드시 해양 사고가 나게 돼 있습니다. 최소한 보험이라도 들어야 합니다."

배는 물론 선원들의 안전까지 책임져야 하는 선장으로서는 당연한 요구였다. 자동차 보험도 당연히 들어야 하는데 보험도 들지 않고 1만 2,000km 해상을 운항하라는 요구는 한마디로 미친 짓이었다.

그러자 정 회장의 대답이 이랬다.

"그 돈이 어디 있냐. 보험료 아껴라."

지금 같으면 난리 날 일이지만 당시 70년대였다는 사실, 그리고 정주영이었다는 사실을 고려해야 한다.

결과론이긴 해도 만약 보험을 들었다면 주베일항 공사는 실패였다. 당연히 중간에 태풍을 만나고, 풍랑에 휩싸인 적이 많았다.

보험에 들어있으면 굳이 위험하게 모험할 이유가 없다. 조금만 위험해도 운항을 포기하는 건 당연하다. 하지만 보험이 없으니까 죽기 살기로 위험을 헤쳐나간 것이다.

정 회장이 나중에 고백했다.

"사실 그것까지 생각하긴 했어. 돈이 없기도 했지만, 보험을 들면 오히려 공사기한을 맞추지 못할 거로 생각했어."

사람의 목숨을 담보로 했다는 사실은 비판할 수 있으나 대단한 혜안이다.

* * *

이런 일도 있었다. 총 33회 중 딱 한 번 사고가 났다. 바지선에 연결된 줄이 끊어져 바지선이 사라진 것이다. 드디어 사고가 났다며 난리가 났다.

없어진 바지선을 찾아야 했다. 정확히 말하면 철골 구조물을 찾아야 했다. 망망대해에서 사라진 바지선을 찾기란 모래사장에서 바늘 찾기와 비슷했다.

정 회장이 대책회의실을 찾았다.

"바지선이 어디로 갔을까?"

"줄이 왜 끊어졌을까?"

질문이 네 차례 정도 이어지니 공대 출신 임원의 말문이 막혔다.

"당신 모를 줄 알았어."

그러더니 "내 생각에는 청소를 안 해서 배수구가 막혀서 그랬을 거야"라고 진단을 내렸다.

그럴 가능성에 대해서는 모두가 생각조차 하지 않았다. 구조적인 문제나 해류의 문제, 바람만 분석하고 있었으니까.

천신만고 끝에 바지선을 찾아서 조사해보니까 정 회장의 진단이 맞았다. 모두가 그의 혜안에 혀를 내둘렀다고 한다.

"중국 애라고 날리지 말라는 법 있어?"
LA 올림픽 양궁

정주영 회장은 대한체육회장이던 1984년 LA 올림픽을 진두지휘했다. 다음 대회인 88년 서울올림픽 개최국으로서 LA 올림픽에서 좋은 성적을 올려야 했다. 76년 몬트리올 올림픽에서 레슬링의 양정모가 대한민국 정부 수립 후 첫 금메달을 땄으나 80년 모스크바 대회에는 불참하는 바람에 여전히 유일한 금메달이었다. LA 올림픽에서 한국이 가장 자신하는 금메달이 양궁이었다.

당시 정 회장은 김진호의 여자개인전 금메달을 확신했다. 김진호는 예천여고 재학 시절인 79년 베를린 세계선수권대회에서 5관왕(30·50·60m, 개인종합, 단체)에 오르며 한국 양궁을 세계에 알린 주역이다. 또한 올림픽 직전인 83년 LA 세계선수권에서도 5관왕을 차지했으니 금메달을 확신하는 게 당연했다. 격투기 같은 종목은 상대에 따라 달라질 수 있으나 당시만 해도 양궁은 순

수 기록 종목이어서 의외성이 거의 없었다.

정 회장은 확실한 금메달 후보인 양궁을 지원하기 위해 양궁을 궁도협회에서 분리했다. 그리고 양궁 대표선수들을 개막 1개월 전에 미리 LA로 보내 현지 적응 훈련을 시킬 정도로 공을 들였다. 양궁 경기장인 엘도라도 공원 경기장이 멀리 떨어져 있다고 전용 렌터카까지 마련해 줬다.

당시 올림픽 양궁은 거리별로 시상하는 세계선수권과 달리 남녀 개인전만 있었다. 남자는 30·50·70·90m, 여자는 30·50·60·70m의 4개 거리별로 36발씩 총 144발을 쏜다. 그걸 두 차례 해서 총 288발의 합계로 우승을 가리는 방식이었다.

정 회장은 여자개인전이 벌어지던 날 올림픽 선수촌을 방문했다. 선수촌에는 대한체육회 배순학 국장이 현장의 소식을 취합하고 있었다.

김진호는 예상대로 경기 내내 1등을 유지하고 있었다. 그런데 이변이 일어났다. 70m에서 한 발이 사라졌다. 1점도 아니고, 아예 과녁을 벗어나 버렸다.

양궁에서 가끔 0점을 쏘는 실수가 일어나긴 한다. 아예 조준을 못 해서 그런 경우는 없고, 시위를 당길 때 '딸깍'하는 소리를 착각하거나 화살이 팔에 맞고 떨어지는 경우다. 하지만, 세계 최고의 선수가 그런 실수를 하는 경우는 거의 없다.

그런데 확실한 금메달 후보가 그런 어이없는 실수를, 그것도 올림픽에서 저지른 것이다. 0점을 쏜 김진호가 줄지에 3위로 밀리고, 중국의 리링잔이 1위로 올라섰다. 그나마 서향순이 2위라서 다행이었지만, 금메달이 아니면 소용이 없었다.

정 회장은 편안한 표정으로 양궁 소식을 물었다. '당연히 김진호가 금메달이겠지'라는 표정이었다. 배 국장은 이 상황을 어떻게 보고해야 하나 좌불안석이었다. 정 회장의 눈치를 살피면서 우물쭈물 보고했다.

"죄송합니다. 김진호가 0점짜리를 하나 쏘는 바람에 3등으로 밀렸다고 합니다."

순간 정 회장의 미간이 찌푸려졌다.

"누가 1등이야?"

"중국 선수가 1등으로 올라갔습니다."

어처구니없는 실수로 가장 확실한 금메달이 날아갈 판이었다. 정 회장은 입을 꾹 다문 채 잠시 침묵했다.

배 국장은 마치 자기가 잘못한 것처럼 고개를 숙이고 두 손은 가운데로 모으고 언제 정 회장의 불호령이 떨어질까 조마조마한 상태로 기다렸다.

이때 정 회장이 침착한 목소리로 기가 막힌 이야기를 했다.

"그런데 말이야. 중국 애라고 날리지 말라는 법 있어? 너무 풀 죽어 있지 말고 끝까지 지켜보라고."

배 국장은 자신의 귀를 의심했다. 중국 선수도 0점을 쏠 수 있다고? 양궁 대회에서 두 선수가 동시에 0점을 쏠 가능성은 거의 없다. 중국 선수도 실수하길 바라느니 차라리 서향순이 분발해서 역전하는 게 훨씬 가능성이 큰 것 아닌가.

그런데 진짜 말도 안 되는 상황이 벌어졌다. 리링잔이 마지막 발을 허공에 날린 것이다. 마치 마법사가 주문을 건 것 같았다. 1등을 달리던 선수가 두 명이나 0점을 쏘는 바람에 순위가 밀린 경우는 본 적이 없었다. 그것도 마지막 발에 그런 일이 일어나다니.

배 국장은 소름이 끼쳤다고 했다. 정 회장이 예언가가 아닌 다음에야 그런 일을 예견했을 리가 없다. 그런데 어떻게 그 상황에서 '중국 애라고 날리지 말라는 법 있어?'라는 말을 할 수 있었을까. 위기의 순간에도 모든 가능성을 열어놓고 대처하는 그만의 방식이었을까.

결국 리링잔은 2위로 밀렸고, 김진호가 3위였다. 실수 없이 꾸준하게 자신의 실력을 발휘한 서향순이 깜짝 금메달을 목에 걸었다. 어부지리漁父之利의 대표적인 사례라고 할 수 있다.

"어느 나라에서 수출하는 거야?"

정주영 회장이 거의 맨손으로 일궈낸 조선소가 만들어졌다. 1970년 현대건설의 조선사업부로 시작해서 73년 12월 정식으로 현대조선중공업이 설립됐으며 드디어 74년 6월에 울산 미포만에 울산 현대조선소가 완공됐다.

정 회장은 미포만이 아직 허허벌판이었을 때, 현대중공업이 설립되기도 전에 이미 유조선 2척을 수주한 전력이 있다. "차관을 받으려면 수주부터 해오라"는 영국의 '비상식적인 요구'를 '비상식적인 방법'으로 해치우고 차관을 받아낸 것이다.

현대중공업은 경험도 없는 후발 업체였으나 불과 10년 만에 선박 건조량 세계 1위에 오르는 기염을 토했다. 후발 업체가 수주를 따내는 가장 좋은 방법은 역시 가격이다.

80년대 초, 경쟁이 세게 붙는 바람에 아주 싼 가격에 유조선 수주 계약을 한 적이 있다. 믿는 구석은 정 회장의 주특기인 공기 단축이었다. 그런데 유조선 가격은 유가에 따라 급변한다. 계약서를 막 쓰자마자 유조선 가격이 뛰기 시작했다.

억울했다. 한 달만 늦었어도 좋았을 텐데. 하지만, 계약은 계약이다. 계약을 파기할 수도 없고, 속앓이를 할 수밖에 없었다.

* * *

하루는 예고도 없이 정 회장이 중공업에 들이닥쳤다. 사장은 마침 유럽 출장 중이라서 관리본부장이 정 회장을 안내했다.

정 회장은 밑도 끝도 없이 "그 계약 어느 나라 법이야?"라고 물었다. 관리본부장은 바짝 긴장했다. 이럴 때 대답을 잘해야 한다. "어떤 계약 말씀이십니까?"라고 반문하는 순간 불호령이 떨어지는 건 명약관화했다. 본부장은 열심히 머리를 굴렸다. '왕회장도 우리가 싸게 계약한 수주 건을 당연히 알고 있으니 그걸 얘기하는 거겠지.'

"영국 법입니다."

런던을 베이스로 하는 계약이니까 상식적인 대답이었다. 위기를 넘겼다고 안도의 한숨을 내쉬는 순간 다음 질문이 이어졌다.

"어느 나라에서 수출하는 거야?"

전혀 예상하지 못했던 질문이었다. 우리가 수출하는 건데 그걸 물어보는 게 아님은 당연했다. 본부장이 대답할 차원이 아니었다. 유럽 출장 중이던 사장에게 전화했다.

　전화가 연결되자마자 정 회장이 소리 질렀다.
　"계약을 어떻게 이따위로 한 거야?"
　유럽에서 한밤중에 자다가 전화를 받은 사장은 '마른하늘에 날 벼락'이었다. 정 회장은 전화에 대고 사장을 한참 깨더니 소매를 툴툴 털고 휘적휘적 걸어서 나갔다.

　과연 정 회장이 무엇을 말하려 했는지 알아내야 했다. 정 회장 은 왜 그렇게 화를 냈을까.
　차근차근 처음부터 따져봤다. 계약 자체는 영국 법에 따르는 계 약이니 그건 전혀 문제가 되지 않는다. 하지만 수출하는 나라는 한국이다. 정 회장은 왜 '어느 나라에서 수출하는 거냐'라고 물어 봤을까. 그렇다면 계약과 관련해서 한국에서 풀 수 있는 열쇠가 있을까?

　드디어 찾았다. 한국에서 물건을 수출하려면 한국 정부의 수출 승인을 먼저 받아야 했다. 그런데 이 유조선에 대해서는 아직 정 부의 수출 승인이 나지 않았다. 계약은 한국 정부의 승인이 난 후 부터 효력이 생긴다. 정 회장은 바로 이걸 지적한 것이었다.
　아, 그런 깊은 뜻이 있었구나. 입을 벌리고 감탄할 수밖에 없었다.

하필이면 계약 직후에 유조선 가격이 올랐을까, 왜 계약을 일찍했을까만 생각하고 모두가 속앓이만 하고 있을 때 정주영은 근본적인 것을 체크하고 있었다. 매번 느끼는 거지만 문제 해결에 탁월한 능력이 있음을 또 증명한 사례였다.

아직 정부의 승인이 나지 않아서 계약의 효력이 없다는데 발주업체가 무슨 수로 버틸 수 있을까. 결국 제값으로 올린 가격으로 다시 계약했다.

현대중공업 임원들은 입을 모아 "역시 정주영"이라며 엄지를 치켜올렸다.

반도체는 미래의 쌀

정주영 회장의 철학은 '실용'이었다. 그의 일생을 다 뒤져봐도 '체면'이라는 걸 찾아볼 수 없다. 그가 최소한의 격식을 차릴 때는 대통령을 만난다거나 외국 손님을 만나는 등 공식적인 자리뿐이었다. '그래도 현대그룹 회장인데 그 정도일 리가'싶은 모습이 정주영의 본 모습이었다.

신사업을 추진할 때도 마찬가지였다. 좋다고 결정하면 바로 실행했다. 옳다는 판단이 들면 좌고우면하지 않았다. 반도체 사업도 그랬다.

한국의 반도체 산업은 삼성전자가 이끌었다. 삼성은 73년 한국반도체를 인수했고, 80년 삼성전자가 삼성반도체를 합병하면서부터 본격적으로 반도체 개발에 나섰다.

당시 반도체 산업은 일본이 워낙 앞서있었다. 반도체 개발은 고도의 기술이 필요하고, 대규모 자본이 들어가는 산업이다. 과연 자본도 부족하고, 기술도 없는 한국 기업이 반도체 경쟁에 뛰어들어 승산이 있겠느냐는 비관론이 있었다.

현대가 아직 반도체 개발에 뛰어들기 전인 80년대 초, 정 회장이 현대 임원들에게 삼성전자의 반도체 연구소를 보고 오라고 지시했다. 임원들이 가서 보니까 거의 구멍가게 수준이었다. 이 정도 수준으로는 100년이 걸려도 일본을 따라갈 수 없다고 생각했다. 임원들은 정 회장이 왜 삼성 반도체를 보고 오라고 했는지 궁금했다.

"회장님, 혹시 반도체 할 생각이 있으십니까?"

"당연히 해야지. 그게 미래의 쌀이라는데."

이미 정 회장은 반도체 산업을 하리라고 결심하고 있었다. 이제까지와 마찬가지로 주위의 반대는 아랑곳하지 않았다. '미래의 쌀'이라는 말에서 최첨단 시설로 장착한 농사꾼의 이미지가 나타났다. 결심하면 곧바로 실행에 옮긴다.

* * *

83년 현대전자가 설립됐다. 이미 가전 시장은 금성사, 삼성전자, 대우전자가 3파전을 벌이고 있었다. 후발 업체인 현대전자가 뛰어들 여지가 별로 없었다.

정 회장의 생각은 처음부터 가전 시장이 아니었다. 현대전자는 반도체와 컴퓨터에 전력을 다했다. 국내 반도체 시장은 삼성전자와 아남산업이 양분하고 있었으나 아직 걸음마 단계였다. 충분히 승산이 있다고 봤다.

대규모 물량 공세가 시작됐다. 당시 정 회장이 반도체에 쏟아부으려고 준비한 실탄이 무려 1조 원이었다고 한다. 미국에서 반도체 박사들을 모셔오기 시작했다. 단기간에 100명 이상의 박사가 모여들었다.

86년에 반도체 연구소가 세워졌다. 89년에는 미국 알렌브래들리와 합작해서 '현대 알렌브래들리'도 세웠다.

현대의 무지막지한 투자에 삼성이 놀랐다. 이러다가 추월당할 수도 있겠다는 위기감이 찾아왔다. 경쟁적으로 투자가 이뤄졌다.

삼성은 92년 64M D램을 개발한 데 이어 94년 256M D램, 96년 1G D램, 98년 128MB 플래시 메모리를 잇달아 개발하는 데 성공했다. 난공불락 같았던 일본을 추월한 것이다.

삼성이 멀리 도망갔지만 정 회장은 투자를 늦추지 않았다. 무려 13억 달러(2022년 환율로 따지면 약 1조 7,000억 원)를 투입해 98년 미국 오리건주 유진에 반도체 공장을 완공했다.

반도체를 '미래의 먹거리'로 파악한 정 회장의 생각은 맞았다.

하지만, 97년 말 닥친 외환 위기가 발목을 잡았다. 외환 위기 상황에서 공격적인 투자가 오히려 독이 된 것이다.

정 회장이 김영삼 대통령을 미워한 이유는 대선 때의 악감정으로 현대를 압박한 것이 가장 컸지만 외환 위기를 초래함으로써 국가 경제를 망쳤다는 이유도 상당히 컸다.

정주영 회장이 공을 들였던 현대전자는 정 회장이 서거한 지 꼭 한 달 만에 하이닉스로 넘어가면서 그 운명을 다했다. 참 안타까운 일이다.

자동차 엔진 개발

80년 초, 산업 통폐합 때 정 회장이 중공업을 포기하고 자동차를 선택한 내용은 이미 잘 알려져 있다.

당시 통폐합을 주도했던 국보위에서는 내부적으로 이미 중공업은 현대가 맡고, 자동차는 대우가 맡는 걸로 결정돼 있었다. 다만 대외적으로 모양새를 갖추기 위해 정주영 회장에게 결정권을 주는 형식을 택했을 뿐이다. 그도 그럴 것이 대우에는 중공업이 없었기 때문이다. 애초에 현대와 대우를 묶어 중공업과 자동차를 통폐합한다는 발상 자체가 어불성설이었다.

국보위의 부름에 정 회장이 갔을 때 그 자리에 대우 김우중 회장이 먼저 와서 앉아있었다고 했다. 이미 어떤 움직임이 있었음을 정 회장이 눈치채지 못했을 리가 없다. 형식은 선택이었지만 '자동차를 내놔라'라는 무언의 압력이었다.

정 회장은 자동차를 포기할 수 없었다. 그러나 국보위의 의중을 뻔히 알면서 그랬다가는 순순히 들어줄 리도 없었고, 온갖 압력도 예상됐다. 예를 들어 산업은행에서 돈을 빌려주지 않으면 설비는 고철 덩어리나 마찬가지였다.

자동차를 지키기 위해 뭐가 필요할까. 여기에서 정주영의 생각은 '엔진'에 꽂혔다.

'우리는 자동차 엔진을 개발하려는 계획이 있다. 대우에 자동차를 넘기면 엔진 개발은 영원히 물 건너간다'라는 요지로 자동차를 지키겠다는 생각이었다.

그러나 현대에는 전두환을 정점으로 한 실세와 연결고리가 전혀 없었다. 대우 김우중 회장의 연결고리는 '경기고'였다. 김 회장은 52회였고, 국보위에서 경제와 과학을 담당했던 유종렬은 53회, 오명이 54회였다. (이들은 나중에 모두 청와대 경제담당 비서관과 경제과학 비서관으로 일했다)

"현대에는 경기고 출신이 없나?"

마침 비서실에 있던 이익치가 경기고 출신이었다.

"이 비서, 유종렬 씨 아나?"

"경기고 선배입니다."

이익치 비서는 당장 유종렬을 찾아가 인사해야 했다.

"제가 경기 59회입니다."

"현대에도 경기가 있었네."

　겨우 연결고리를 찾은 정 회장은 이익치 비서에게 현대자동차
와 엔진 개발 브리핑을 하도록 맡겼다. 이 말을 들은 정세영 회장
이 깜짝 놀랐다.
　"회장님, 자동차는 제가 브리핑해야죠."
　"이번에는 빠져. 이 비서가 브리핑해."
　회장도 아니고, 사장도 아니고 일개 비서가 이 중요한 브리핑을
한다? 자칫하면 오히려 다 된 밥에 코 빠트리는 결과를 낳을 수도
있었다.
　여기서도 정 회장의 혜안이 돋보였다. 이번 브리핑은 내용보다
사람이 더 중요하다고 판단한 것이다.
　이익치 비서에게 브리핑을 다 듣고 난 유종렬이 이렇게 말했다
고 한다.
　"정주영 회장이 애국자네."

　그렇게 자동차를 지킨 정 회장은 진짜로 엔진 개발에 정성을 들
였다. 중동 건설로 번 돈을 여기에 다 쏟아부었다고 해도 과언이
아닐 정도였다.
　현대가 포니를 개발할 때 일본 미쓰비시 엔진을 사서 썼다. 그
것도 거의 구걸하다시피 해서 겨우 얻었다. 1,800cc, 2,000cc 엔진

도 미쓰비시에 돈 주고 샀다. 하나하나 들여올 때마다 다 돈이었다. 당연히 아까웠다.

정 회장은 자동차 엔진 얘기만 하면 매우 답답해했다.

현대자동차 임원들에게 "엔진 개발해봐"소리를 쉴 새 없이 했다.

"어느 엔진이 제일 좋아?"

"도요타입니다."

"그럼 도요타 엔진하나 사다가 베끼면 되잖아. 내가 하나 구해줄 게 해봐."

"못합니다. 설계할 사람도 없고, 엔진 기술자도 없습니다."

정 회장이 '못합니다'소리를 제일 싫어하는 줄 알지만 어쩔 수 없었다. 안 되는 건 안 되는 거니까.

* * *

울산 현대자동차에 엔진 연구소를 만들고, 전국의 인재들을 끌어모았다. 정 회장은 과감한 투자를 아끼지 않았다.

대우가 좋으니 유능한 인재들이 모여들었다. 그런데 엉뚱한 곳에서 문제가 터졌다. 몇 년 동안 열심히 일하던 인재들이 줄줄이 퇴사했다. 퇴사 이유가 '결혼'이었다.

"결혼하고 여기서 살면 되지 퇴사를 왜 해?"

"아내 될 사람이 울산에서는 살기 싫답니다."

이른바 '울산 핸디캡'이었다. 회사에서만 잘해준다고 해결될 문제가 아니었다. 80년대 울산에는 공장밖에 없었다. 문화시설이나 백화점, 위락시설 등이 아예 없었다고 해도 무방했다.

경쟁사인 기아자동차와 대우자동차는 수도권에 공장이 있었다. 속수무책으로 인재를 뺏겼다.

정 회장에게 보고가 올라갔다.

"그럼 미국에서 사람 데려와."

"울산까지 내려온다는 사람이 없습니다."

"그거참. 그럼 서울에 연구소 만들어 주면 되겠어?"

그렇게 해서 경기도 용인 기흥읍 마북리에 마북 연구소가 만들어졌다. 비록 서울은 아니었지만, 여기만 해도 감지덕지했다.

마북 연구소가 완공되던 날, 정 회장이 말했다.

"자, 이제 시작해 봐."

그때부터 본격적인 자동차 엔진 연구가 시작됐다. 91년 5월, 드디어 처음으로 독자 개발한 엔진이 나왔다. '알파 엔진'으로 명명된 이 엔진은 처음에 현대 스쿠프에 탑재됐다. 이후 94년에 뉴 알파 엔진이 나왔고, 엑센트에 탑재됐다.

엑센트야말로 디자인부터 설계, 엔진에 이르기까지 우리 손으로 만든, 진정한 고유모델이었다.

부동산 전문가 정주영
정주영이 계획하면 하늘이 돕는다

아파트를 짓든, 자동차 공장을 만들든, 조선소를 지으려면 땅이 필요하다. 많이 필요하다. 정주영 회장의 주력 사업은 큰 땅이 필요한 사업들이었다. 그러다 보니 땅을 보는 안목도 많이 생겼던 것 같다. 당시에는 쓸모없는 땅을 헐값에 사놓고, 나중에 요긴하게 써먹었다. 바닷가나 강가를 매립하는 방법도 많이 썼다.

현재 현대자동차 공장이 있는 울산 북구 일대는 원래 조선소를 지으려던 부지였다. 정 회장이 언젠가 쓸모가 있을 걸로 보고 바닷가 땅 60만 평을 헐값에 사놓았다고 했다.

박정희 대통령으로부터 조선소를 만들라는 명령을 받은 정 회장은 바닷가에 있는 이 땅이 조선소를 만들기에 적당한 땅이라고 생각했다. 조선소를 하려면 파도를 막아줄 만灣이 있어야 하고, 바닥에 돌이 있어야 한다. 그런데 이 땅은 파도 파도 펄만 나올 뿐이었다.

당장 대토를 찾아야 했다. 조건에 맞는 땅을 방어진에서 찾았다. 어장으로 사용하던 땅 30만 평을 사서 조선소를 짓기 시작했다. 처음에 유조선 2척으로 시작한 현대중공업은 점차 규모를 키워 지금은 부지가 그 열 배인 300만 평이 됐다.

조선소를 지으려던 60만 평에는 현대자동차 공장을 짓도록 했다. 울산 자동차 공장은 75년에 완공됐다. 당시에 조립 공장에 불과했던 현대자동차로서는 너무 큰 공장이었다. 그러나 포니를 시작으로 자체 개발 자동차가 늘어나고 수출까지 하면서 울산공장은 자동차 제작과 수출에 최적의 장소가 됐다. 지금은 자동차 공장 면적이 150만 평으로 늘었다.

* * *

경기도 화성에 있는 현대자동차 남양연구소는 첨단 시험 장비와 연구동을 갖추고 차량 개발 전반을 다루는 자동차 연구소다. 부지만 100만 평이 넘는, 국내 최대 규모의 자동차 연구소다.

이것도 다 정주영 회장이 미리 사놓은 땅이다. 처음부터 자동차 연구소를 지을 생각은 당연히 아니었다. 평당 1원 하던 바닷가 갯벌을 100만 원 주고 샀다. 언젠가 쓸 데가 있을 거라는 선견지명 덕분이었다.

자동차를 개발하려면 주행 능력을 테스트하는 주행시험장은 필수다. 풍동風洞 시험장도 꼭 필요하다. 풍동 시험장은 자동차를 운행할 때 공기의 흐름에 의해 발생하는 모든 현상을 계측하기 위한 설비다.

국내에 이런 시설이 없으면 일본이나 유럽에 가서 돈 주고 시험해야 한다.

정 회장은 자동차는 독일이나 일본과 경쟁해야 하므로 연구 환경이 나쁘면 안 된다는 의식이 강했다. 화성에 사놓은 100만 평 땅에 최고 시설의 연구소를 짓도록 했다.

독일, 일본의 수준에 맞춰야 하고, 최소한 삼성종합기술원보다는 좋아야 한다고 했다. 아마 삼성종합기술원의 시설을 보고 상당히 자극을 받은 듯했다.

정 회장은 남양연구소의 설계를 직접 챙겼다. "철골은 일본에서 수입하고, 창호는 당시 독일에서 수입하던 이건창호를 쓰라"라는 구체적인 지시까지 했다.

널찍한 땅이 확보돼 있으니 주행시험장을 최대 길이로 늘릴 수 있었다. 모형이 아니라 실제 차량을 대상으로 공기저항을 테스트하는 풍동 시험장도 갖췄다. 최고의 디자인연구소도 만들었다.

91년 남양연구소 준공식에 정 회장이 왔다. 자신이 애정을 갖고 지은 연구소인 만큼 구석구석 꼼꼼히 둘러보더니 지나가는 말처럼 툭 던졌다.

"잘했구먼."

정 회장 최고의 칭찬이었다.

＊ ＊ ＊

압구정동 현대아파트도 정 회장의 땅에 대한 선견지명으로 탄생했다. 강남 개발이 이뤄지기 전인 70년대 초까지만 해도 한강 이남 강변은 거의 모래밭이었다. 현대아파트가 있는 부지는 현대건설이 매립한 땅이었다.

마침 영부인인 육영수 여사가 압구정동 땅에 관심이 있었다. 서울 캠퍼스가 필요했던 한 지방 대학에서 육 여사에게 도움을 요청했던 모양이었다. 대학 관계자와 함께 압구정동 땅을 둘러본 육 여사가 땅이 좁아서 안 되겠다고 했다. 새 캠퍼스를 지으려면 10만 평 정도가 필요한데 압구정동 매립지는 3만 평이었다.

이 말을 들은 정 회장이 결단을 내렸다.

"대학 캠퍼스를 짓기에 좁은 땅이라면 여기에 아파트를 짓자. 앞으로는 아파트가 대세가 될 거야. 땅도 좁은데 위로 올려야지."

이명박 회장이 이 매립지를 아파트 용지로 형질 변경하는 '어려운 일'을 마친 끝에 압구정 현대아파트의 신화가 시작된 것이다.

조금 다른 이야기긴 하지만, 78년에 압구정 현대아파트 특혜 분양 사건이 터졌다. 사회 주요 인사들이 알음알음으로 일반 분양분을 가로챘다는 내용이다. 그만큼 당시 현대아파트는 화제였다.

중앙일보에서도 편집국 간부 세 명이 특혜 분양을 받아 곤욕을 치렀다. 두 명은 시말서를 쓰고 끝냈으나 한 명은 결국 회사를 떠나야 했다.

사회에 큰 파장을 일으킨 특혜 분양 사건에 대처하는 정 회장의 방식 또한 화제가 됐다. 사건을 조사하던 검찰이 정 회장에게 출두 명령서를 보냈다. 그룹 간부들은 모두 정 회장이 직접 검찰에 가서 조사받는 것을 강력하게 말렸다.

하지만, 정 회장은 배짱 좋게 직접 출두해서 조사를 받았다. 정 회장은 수사 검사 앞에서 "모든 게 사실이다. 특혜 분양을 인정한다"라면서 "그런데 검찰청에서도 모 부장 검사 등 분양받은 사람이 많다"라고 말했다.

깜짝 놀란 담당 검사가 즉시 조사를 멈추더니 정 회장을 돌려보냈다고 한다.

이 사건은 당시 한국도시개발(현 현대산업개발) 사장이었던 2남 몽구 회장이 10개월간 감옥에서 고생하는 걸로 마무리됐다. 정주영 회장이 나중에 현대자동차를 몽구 회장에게 넘겨준 이유 중 하나가 이때 아무 불평 없이 고생을 감당한 대가가 아니었나 하는 생각도 든다.

러시아 가스 파이프라인

    한국과 구소련이 수교를 맺은 건 노태우 대통령 때인 1990년이다. 노 대통령의 핵심 사업인 북방정책에 기업인으로서 가장 활발하게 앞장선 사람이 정주영 회장이다. 정 회장은 수교 1년 전인 89년에 소련 상공회의소 회장의 초청으로 모스크바를 방문한 적이 있다.

    당시에는 스텔라, 쏘나타 등 중형차를 개발한 현대자동차가 다양한 형태의 자동차 개발을 위해 전 세계를 다닐 때였다. 미국, 일본, 독일 등 자동차 선진국은 물론 도움만 된다면 중국과 소련도 마다하지 않았다.

    모스크바 방문의 주제는 양국의 경제 교류와 시베리아 개발이었으나 현대로서는 자동차, 조선, 건설 등 모든 분야에 관심이 있었다. 마침 소련에서도 "보고 싶은 건 다 보여주겠다"라고 호의적인 반응을 보였다.

정 회장의 모스크바 방문 때 자동차 임원들도 따라갔다. 그런데 자동차를 보여달라고 했더니 자기들이 자랑하는 우주선과 그 부품들만 보여줬다. (물론 한국의 우주선 개발에 러시아 기술이 크게 도움이 됐지만)

모스크바 출장이 별 도움이 되지 않았던 자동차 임원들이 "괜히 왔네"이러고 있는데 정 회장이 뜬금없이 가스 얘기를 꺼냈다.

"이거 봐. 여기 천연가스가 무궁무진해. 이걸 파이프로 연결해서 한국까지 가져오면 어떨까."

소련에서 한국까지 파이프를 가설해 가스를 가져온다는 생각을 누가 할 수 있을까. 지금이야 너도나도 한마디씩 거드는 흔한 아이디어가 돼버렸지만, 33년 전 모스크바 첫 방문에서 그런 아이디어를 떠올렸다는 자체가 놀랍기만 하다.

"파이프를 연결하려면 자연스레 북한 땅도 지나야 해. 이 핑계로 북한과 관계도 좋아질 수 있어. 그리고 파이프를 부산까지 연결하면 일본도 우리에게 가스 사갈 걸. 배로 수입하는 것보다 훨씬 싸잖아."

정 회장이 이 얘기를 할 때 눈에서 빛이 났다고 했다. 마침 북한 방문과도 맞물려 있어서 정 회장의 머리가 팽팽 돌아가는 게 보일 정도였다고 한다.

당시 함께 갔던 이명박 회장이 나중에 대통령 됐을 때 거론한 파이프라인 아이디어가 바로 이때 나온 정 회장의 생각이었다.

배터리 연구소를 세우는 아이디어도 마찬가지였다. 당시 현대자동차는 압축 전지를 쓰고 있었는데 소련은 이미 니켈 메탈 배터리를 쓰고 있었다.

배터리는 주요 일정이나 안건에 없었던 내용이었는데 곁눈질로 눈여겨본 정 회장이 귀국한 뒤 500만 달러를 투자해 배터리 연구소를 만들었다. 자동차는 배터리에서 승부가 갈릴 수도 있다는 생각이었다. 정 회장은 사우디에서 온 손님을 영빈관에서 접대할 때도 배터리 얘기를 꺼낼 정도로 애착이 있었다.

도둑을 채용하다

서울 종로구 청운동의 정 회장 자택은 산자락 꼭대기에 있다. 넓기는 하나 화려하지는 않다.

이전에는 '청운 양로원'자리였다. 어느 날 이 양로원이 매물로 나왔다. 처음에는 건너편에 살던 모 건설회사 사장에게 매수를 권했는데 "사람이 많이 죽어 나간 곳이라 재수 없다"며 거절했다고 했다. 이 이야기를 들은 정 회장이 비서실 직원에게 급히 매수하라고 지시했다. 의아해하는 직원에게 "불이 나거나 사람이 많이 죽은 장소는 흉지가 아니다"라고 했단다.

정 회장은 양로원을 매수한 뒤 현대건설 불도저로 건물을 모두 밀어버리고, 번듯한 주택을 새로 지었다.

이후 현대그룹이 욱일승천하며 대그룹으로 성장한 배경에 이 집이 있었다는 얘기가 돌았다. 이 자리가 사실은 엄청난 명당이라는 것이다. 정주영 회장이 풍수에 조예가 깊었는지, 아니면 타고난 눈썰미가 뛰어났는지 모를 일이다.

* * *

정 회장이 명절 때마다 할머니와 우리 가족을 초대해서 청운동 자택에 여러 차례 가본 적이 있다. 그때마다 마당에 늠름하게 놓여있던 큰 바위가 눈에 들어왔다. 그 바위에는 한자로 된 여러 글자가 새겨있었는데 무슨 뜻인지 항상 궁금했다.

그런데 정말 우연히 나의 언론사 동료였던 이경재 북일 학원 이사장에게 그 내용을 들을 수 있었다. 알고 보니 그 터는 양로원 이전에 이 이사장의 외증조부가 1930년대까지 살던 집터였다.

본관이 인동仁同 장張씨, 호는 남거南渠인 외증조부가 자리 잡은 명당으로 볕이 잘 드는 양산陽山에 '경개 좋은 곳에 둘러싸인 곳'이라는 뜻의 동천洞天을 따와 '양산동천陽山洞天'이라고 명명했다고 한다. 집을 지은 뒤에는 택호宅號로 '조용히 사는 곳'이라는 뜻의 '유거幽居'를 따와 '남거유거南渠幽居'라 지었다.

이들을 각각 예서와 해서로 쓴 뒤, 그 글씨를 마당 큰 바위에 새겨놓았다고 했다. 이 설명을 들으니 항상 궁금해했던 글자들이 '양산동천'과 '남거유거'였고, 그 자리가 명당이라는 게 이해됐다.

* * *

자택과 관련해서 정 회장의 배려심과 안목을 살펴볼 수 있는 또 다른 일화가 있다.

자택 뒷산에는 약수터도 있고, 달동네도 있었다. 어느 날, 집에 도둑이 들었다. 워낙 집에 값나가는 물건이 없었던 터라 큰 피해는 없었으나 외부인이 침입한 사실에 온 집안이 놀랐다.

가족들은 경찰에 신고하자고 난리였으나 정 회장은 조용히 뒷산에 벽보를 한 장 붙일 뿐이었다. '취업하고 싶은 젊은이들은 무교동 현대 사무실로 오라'는 내용이었다.

며칠 후 수십 명의 지원자가 몰려들었다. 정 회장은 미리 경찰을 불렀고, 그중에서 도둑을 찾아낼 수 있었다.

정 회장의 이런 행동은 순전히 도둑을 잡기 위한 목적이 아니었다. 지원자 중 실력 있는 사람을 합격시키는 동시에 범인도 함께 울산 현대조선소에 입사시켰다. 도둑을 현대 직원으로 채용한다고?

주위에서는 정 회장의 이런 조치를 이해할 수 없었다. 이에 대해 정 회장은 "앞으로 도둑은 또 들어올 수 있다. 자칫하면 사람을 해코지할 수도 있다. 이런 불상사를 미리 예방하는 차원이며 도둑에게도 새 기회를 주기 위한 것"이라고 말했다.

그의 혜안과 넓은 마음씨에 감탄만 할 뿐이었다.

상황에 맞춰, 사람에 따라

정주영 회장을 달변가라고 하는 사람도 있고, 무뚝뚝한 사람이라고 하는 사람도 있다.

둘 다 맞다. 다만 언제 어떤 상황에서 그를 봤느냐에 따라 완전히 다른 평가가 나올 뿐이다.

현대 임직원들은 정 회장이 말을 많이 하는 모습을 거의 보지 못했다. 한마디씩 촌철살인 같은 짧은 말을 툭 던지거나 주로 혼내는 말을 했기 때문이다.

직원 중에는 정 회장을 '호랑이'이미지로 기억하는 사람들이 많다. 평소에 잘 웃지도 않고, 일자로 꾹 다문 입에서 "일을 이따위로 할 거야"라고 소리라도 치면 오금이 저릴 정도였다고 한다.

현대가 프로축구팀을 창설하고 팀명을 '현대 호랑이'라고 지은 이유가 다분히 정 회장을 의식한 작명이었다는 말도 있을 정도다.

정 회장은 달변가이기도 했다. 박학다식한 지식을 바탕으로 어떤 주제의 대화도 소화해냈다. 언론 인터뷰나 연설할 때 보면 막힘이 없었다. 하지만, 평소에 말이 적었던 것은 틀림없다.

* * *

전경련 회장 시절이던 81년, 아프리카 경제 교류 건으로 김용완 삼양사 회장, 박용한 대농 회장 등 회장단과 함께 나이지리아 출장을 간 적이 있다. 나이지리아 최대항구인 라고스를 방문했을 때 회장단은 호텔 펜트하우스에 숙박했다.

당시 수행했던 직원에 따르면 조용하던 옥상 펜트하우스에서 갑자기 피아노 치는 소리가 들려서 가보니 정 회장이 피아노를 치고 있었다고 한다. 전혀 상상이 가지 않는 풍경이다. 정 회장은 강해 보이는 외모와 달리 상당히 수줍어하는 경향도 있었다.

당시 피아노를 배우고 있었던 정 회장이 손님 접대용으로 과감하게 실력을 발휘했던 게 아닌가 싶다.

다음 날 아침, 나이지리아 국영 해운회사의 사장을 만나러 호텔을 출발했다. 대형 버스를 타고 갔는데 아침 교통체증이 너무 심했다. 20분밖에 걸리지 않는 거리를 거의 세 시간 만에 갔다.

자기 잘못도 아닌데 정 회장이 너무 미안해하더라고 했다. 회장단이 지루할까 봐 버스 안에서 계속 이야기를 했다. 수행했던 현대 직원의 증언에 따르면 정 회장이 그렇게 말을 많이 하는 모습은 처음 봤다고 했다.

"현대조선이 나이지리아에 화물선 11척을 수출했다"라는 말을 하던 도중 마침 배 한 척이 보였다. 그러자 정 회장이 손가락으로 배를 가리키며 "저 배가 우리가 만들어서 수출한 배"라고 말하는 게 아닌가.

수행 직원들이 깜짝 놀랐다. 우리도 모르는 걸 어떻게 회장님이 알고 계실까.

정 회장의 뛰어난 임기응변이었다. 다른 회장들이 사실인지 아닌지 확인할 일도 아니었다. 정 회장은 계속해서 배 수출 이야기를 이어갔다고 했다.

7부

박정희와 정주영

1970년 경부고속도로 개통식에서 테이프를 끊는 박정희 대통령과 육영수 여사, 그리고 정주영 회장.

현대조선소를 방문한 박정희 대통령을 안내하는 정주영 회장

경부고속도로 건설
두 거인의 합작품

박정희 대통령과 정주영 회장은 공통점이 참 많았다. 특히 날짜
와 시간을 매우 중요하게 여기는 공통점이 있었다. 일명 '속도전'
이었다. 기한을 정해놓고 밀어붙이는 부분이 희한하게 닮았다.

경부고속도로 건설은 박 대통령의 꿈이었다. 64년 서독을 방문
했을 때 아우토반을 보고 충격을 받고, 67년 대선에서 경부고속
도로 건설을 공약으로 내놓았다.

엄청난 건설 비용과 인플레이션 우려로 반대가 극심했다.

야당인 민주당은 결사 반대였다. 야당 지도자인 김영삼과 김대
중은 나중에 건설 현장 도로에 드러누워 작업을 방해하는 등 적
극적으로 반대 시위를 주도했다.

언론도 반대였다. '교통량이 적다'라는 세계은행 보고서가 반
대의 중요한 이유였다.

여당인 공화당도 찬성이 아니었다. 신중하게 결정하자는 어정쩡한 입장이었다. 경제 장관들도 마찬가지였다.

한마디로 사면초가였다.

그러나 박 대통령과 정 회장만큼은 고속도로 건설 의지를 꺾지 않았고, 서로를 의지하며 진행해 나갔다.

사실 고속도로 건설 이전에 박 대통령과 정 회장이 개인적으로 만난 일은 없었다. 고속도로에 꽂힌 박 대통령이 태국 고속도로 건설 경험이 있는 정 회장을 부른 게 인연이었다.

430억 원의 최저 공사비로, 총 428km의 고속도로를, 3년 안에 건설한다는 황당무계한 목표는 박정희와 정주영이라는 '속도전 대가'들이 의기투합한 결과였다.

* * *

경부고속도로는 1968년 2월 1일 기공식과 함께 공사를 시작했다. 정 회장은 이때도 공사 기간 단축을 위해 모든 아이디어를 짜냈다. 정 회장에게 '시간은 곧 돈'이었다. 최저 공사비로 이익을 남기려면 그 방법밖에 없다고 생각했다.

경부고속도로 건설에서 정 회장이 생각해낸 아이디어는 '기계화'였다. 불도저 한 대의 작업량과 인부 50명의 작업량을 비교해 보면 어떤 게 더 기간을 단축할 방법인지 자명했다.

그런데 해외에서 중장비를 사려면 배보다 배꼽이 더 컸다.

여기에서 정 회장의 아이디어가 다시 번뜩인다.

일본에서 폐차된 중장비를 수입하는 것이었다. 일본은 64년 도쿄 올림픽을 개최했다. 일본도 올림픽은 처음이었고, 57년 올림픽 유치가 확정된 이후부터 경기장과 숙박시설을 짓고, 도로를 만드느라 많은 중장비가 필요했다. 따라서 올림픽 폐막 후에는 폐차한 중장비가 많았다.

"사용하지도 못하는 폐차를 왜 수입하느냐"라는 질문에 그의 대답은 "고쳐서 쓰면 돼"였다. 그게 정주영의 주특기였다.

헐값에 중장비를 사더라도 수입 관세라는 장벽이 있었다. 그것도 한 방에 해결했다.

"폐차 수입이니 관세를 해결해달라."

이때 정 회장은 800만 달러를 투입해 일본에서 무려 1,900대의 폐 중장비를 사들였다. 국내에 있던 중장비 전체를 합쳐봐야 1,400대 정도였던 시절이다. 800만 달러는 당시 환율(300원)로 24억 원이다. 경부고속도로 건설비 전체가 430억 원이었으니까 정 회장의 베팅이 얼마나 컸는지 알 수 있다.

수리한 중장비는 훌륭하게 기능을 발휘했다. 신이 난 정 회장은 직원들을 독려하며 순조롭게 공사를 진행해 나갔다.

***

그러나 호사다마好事多魔라고 했던가. 옥천 구간의 당제 터널 공사 중 벽이 와르르 무너져 내리는 대형 사고가 터졌다. 인부 세 명이 사망하는 큰 사고였다.

이후에도 낙반 사고는 계속 이어졌고, 인부들이 하나둘 떠나갔다. 도저히 공사 진도가 나가지 않았다. 하루에 1m 정도 뚫으면 잘하는 거였다. 이 구간에만 600대의 중장비를 투입했으나 별로 나아질 기미가 보이지 않았다.

이런 식으로 하면 완공 기한을 맞출 수가 없었다. 박 대통령의 독촉과 성화는 날이 갈수록 심해졌다. 정 회장도 오기가 생겨 매일 당제 터널 현장으로 출근했다. 조바심이 난 건설부 장관도 일주일에 한 번씩은 현장에 와서 둘러볼 정도였다.

비상 상황에서 내린 정 회장의 결단은 '조강 시멘트'였다. 속도를 중요시하는 정 회장의 지시로 현대 시멘트가 개발한 것으로 철가루를 넣어 보통 시멘트보다 20배나 빨리 굳게 만든 시멘트였다. 조강 시멘트는 당시 단양 공장에서만 생산했는데 이걸 사용키로 한 것이다. 조강 시멘트를 단양에서 당제 터널 현장까지 매일 200km를 실어날랐다. 단가나 운임 걱정을 할 때가 아니었다.

마침내 1970년 7월 7일, 경부고속도로가 완공됐다. 착공한 지

2년 5개월 만이었다. 당초 공사 기간 3년도 모자란다고 했는데 그걸 7개월이나 줄여버렸다.

현대건설이 맡은 구간은 전체의 40% 정도였지만, 어쨌든 박정희와 정주영이라는 지독한 사람들의 합작품이라는 평가는 충분히 할 수 있다.

조선소 건립

경부고속도로 건설을 계기로 박 대통령과 정 회장은 급속도로 가까워졌다.

두 사람은 '조선소'라는 큰 프로젝트로 또 뭉쳤다. 정부가 2차 경제개발 5개년 계획으로 중화학공업 육성에 박차를 가할 때였다. 박 대통령이 박태준 회장에게 맡긴 포항제철은 73년 완공 예정이었다. 포항제철에서 우리 기술로 생산한 철을 국내에서 대량으로 소비해줄 사업이 필요했다. 그게 바로 대형 선박을 지을 조선소였다.

박 대통령은 또 정 회장을 불렀다. 그러곤 조선소 건립을 제안했다. 말이 제안이지 거의 명령이나 마찬가지였다.

어떤 어려움도 극복해낸 불굴의 정 회장이었지만 이때만큼은 얼굴이 창백해질 정도로 당황했다고 한다.

"각하, 저희가 지금 추진하고 있는 자동차 공장도 힘에 부칩니다. 자동차는 제가 해보고 싶었고, 기술적으로도 자신 있습니다. 하지만, 수십만 톤 유조선을 만드는 조선소는 솔직히 불가능합니다. 자동차와는 차원이 다른 첨단 기술이 필요한 사업입니다."

그러자 박 대통령이 불같이 화를 냈다.

"정 회장, 현대가 지금 정 회장 개인 거로 생각하시오? 정부와 국민, 근로자가 모두 힘을 합쳐 일군 것이오. 현대뿐 아니라 이름 있는 기업은 모두 국민기업인 셈이고, 어느 개인의 소유물이 아니란 말이오."

카랑카랑한 목소리가 방안을 울렸다. 배석했던 비서실장이 "박 대통령이 그렇게 화내는 거는 처음 봤다"라고 할 정도였다.

"온갖 반대를 무릅쓰고 경부고속도로를 만들 때 우리가 사리사욕을 챙기려고 한 거요? 오직 나라의 장래를 생각한 거지. 조선소도 반드시 추진하고 성공해야 하오. 정부가 모든 뒷받침을 할 테니 당장 사업계획서를 제출하시오."

얼마나 혼이 났는지 얼이 빠진 정 회장이 엘리베이터도 제대로 타지 못할 정도였다고 한다. 언제나 자신만만하던 정주영의 모습이 전혀 아니었다. 대통령과 기업 회장이라는 차이가 있긴 하지만, 기 싸움에서도 박 대통령이 한 수 위였다.

정신을 차린 정 회장이 비서에게 말했다.

"내일 런던행 비행기표 끊어."

"런던이요?"

"그리스와 캐나다가 조선 강국이지만 그래도 조선은 영국이 최고야."

울산 현대조선소 건립은 이렇게 시작됐다. '안 됩니다'라는 말을 가장 싫어하는 사람이 자기 입으로 '안 됩니다'라고 했다가 호되게 당했으니 자존심이 상할 만했다.

울산조선소를 건립할 당시 박 대통령이 정 회장에게 링컨과 캐딜락 승용차 2대를 선물로 줬다. 정 회장이 현장을 다닐 때 허름한 차를 타고 다닌다는 보고를 받은 박 대통령이 "정주영 회장이 사고 나면 큰일 난다"라며 안전하게 다니라고 배려한 것이었다.

"사채를 동결해 주십시오"
8·3 조치의 내막

보기와 달리(?) 정 회장은 주량이 많지 않았다. 생맥주를 좋아했고, 양주도 즐겼으나 분위기를 더 좋아했다. 특히 예술인들과 함께 하는 술자리를 즐겼다.

1972년 어느 날, 박 대통령이 정 회장을 술자리에 불렀다. 그 자리에는 김진만 당시 공화당 원내 총무가 함께 있었으나 거의 독대나 마찬가지였다. 정 회장은 용기를 내서 꼭 하고 싶은 말을 꺼냈다.

"사채를 동결해 주십시오."

당시에 현대건설뿐 아니라 국내 기업 대부분이 사채를 많이 썼다. 특히 현대는 자동차에 투자하는 게 많아 '명동 사채의 90%는 현대가 쓴다'라는 말이 돌기도 했다. 아무리 친해졌다고 해도 대통령에게 사채를 동결해달라는 부탁은 자칫 관계를 깰 수도 있는, 위험한 발언이었다.

"사채를 갚지 않겠다는 말이 아닙니다. 조선소나 자동차나 모두 국가와 민족을 위해 하는 일입니다. 현대의 사리사욕만 채우겠다는 게 아니지 않습니까. 지금 상황에서는 죽을 수밖에 없습니다. 현대를 살려주십시오."

정 회장은 말 그대로 읍소를 했다고 한다.

술잔을 기울이며 가만히 듣고 있던 박 대통령이 입을 열었다.

"알겠소. 내가 정 회장에게 선물을 드리지요."

이 이야기는 당시 정 회장이 비서에게 들려준 내용을 옮긴 것이다.

그리고 8월 2일 밤, 3일부터 모든 기업사채를 동결한다는 '8·3 조치'가 발표됐다. 명목은 제도권 금융을 잠식하고 있던 지하 금융, 즉 세금을 내지 않던 사채시장을 제도권 금융으로 흡수한다는 것이었다.

현대는 당장 300억 원의 사채에서 해방됐다. 숨통이 트인 현대는 자동차와 조선소에 더 많은 투자를 할 수 있었다.

8·3조치는 정부가 국민의 사유재산을 간섭한, 큰 사건이었다. 이 조치가 오로지 정 회장의 읍소를 받아들인 박 대통령의 선물이라고 보는 것은 무리한 해석이다.

당시 상황은 이랬다. 경제 성장에 따라 기업은 늘어났는데 금융 기관은 이를 따라가지 못했다. 제도권에서 돈을 빌리기 어려워진 기업은 사채를 얻을 수밖에 없었다. 사채 금리는 연 30%가 넘었다. 은행 금리보다 10%P 이상 높으니 은행에 저축하는 것보다 회사에 꿔주는 게 훨씬 이익이었다. 명동에는 100개 이상의 사채 중개업소가 있었다.

고리 사채에 더욱 의존하게 된 기업의 상황은 점점 나빠졌고, 절반 정도가 부실기업으로 분류됐다. 71년 6월에는 전경련 회장단(회장 박용완, 부회장 정주영)이 박 대통령과의 면담에서 기업들의 상황을 설명하고 도와달라는 요청을 하기도 했다. 이 자리에는 김종필 총리와 김학렬 부총리, 남덕우 재무장관이 배석했으며 정부 차원에서도 사채 문제를 해결할 방안을 모색하고 있던 시기였다.

하지만, 정부에서도 '사채 동결'이라는 극약 처방까지는 주저하고 있었을 가능성이 크다. 여기에 정 회장이 감히 사채 동결을 입에 담았고, 고민하던 박 대통령의 결단을 끌어냈다는 해석은 가능하다. 어쨌든 정 회장은 8·3 조치를 박 대통령의 선물로 받아들였다.

8부

검소한 정주영

정주영 회장이 실제로 20년 이상 신었던 구두. 정주영 기념관에 전시돼 있다.

정주영 회장은 직원들과 격의없이 어울렸다. 현대조선소 직원들과 담소하는 모습

사훈이 '검소'

정주영 회장의 검소함은 너무나 잘 알려져 있다.

정 회장은 구두 한 켤레를 20년 이상 신었다. 뒷굽만 갈고, 고무창에 징을 박아서 신고 다녔다. 와이셔츠의 목 부분과 손목 부분이 닳으면 여비서를 남대문에 보내 수선을 해오라고 시켜서 다시 입었다고 한다.

회장실에 있던 철제 캐비닛도 20년이 넘게 써서 낡고 녹이 슬어 있었다. 변중석 여사가 너무 흉하니까 바꾸라고 해도 정 회장은 꿈쩍도 하지 않았다.

한 번은 정 회장이 런던 출장으로 회사를 비웠을 때 변 여사가 합판에 얇은 무늬목을 덧댄 캐비닛으로 바꿔버렸다. 비서실 직원들은 변 여사를 말려야 했다.

"회장님 돌아오시면 난리 날 겁니다. 저희가 아무리 얘기해도 아직 20년은 더 쓸 수 있다고 절대 못 바꾸게 하셨거든요."

"제가 와서 바꿔놓고 갔다고 하세요."

뻔히 어떤 결과가 나올 줄 아는 비서들은 철제 캐비닛을 버리지 않고 옆방 회의실로 옮겨놓았다. 역시 예상대로였다. 출장에서 돌아온 정 회장은 당장 도로 바꿔놓으라고 노발대발했다. 변 여사가 바꿨다고 해도 소용없었다.

*　*　*

정주영 회장은 현대건설을 창업하고 나서 사훈을 '검소'로 지었다. 정 회장의 스타일대로 '불가능은 없다'라든지 '시간은 돈이다' 같은 원대한 꿈이나 현실적인 사훈이 어울릴 것 같은데 의외였다.

정 회장이 이라크 철도 부설 현장에 갔을 때 일이다.

회장이 온다니까 직원들이 현장 사무실에 부랴부랴 빨간 카펫을 깔아놓았다. 직원들은 잘한다고 한 일이었는데 정 회장의 호통이 쏟아졌다.

"이게 뭐 하는 짓이야? 나는 평생 집에도 카펫을 깐 적이 없어. 사치하고 부패한 사람들이 있는 회사치고 잘 되는 회사 없다고. 그게 싫어서 사훈을 검소라고 한 거야. 카펫이 검소야?"

정 회장은 직원들을 '동지'라고 불렀다. 같은 목적으로 현장에서 함께 일하니 동지가 어울린다고 했다. 가출해서 밑바닥 근로자부터 일을 시작했던 정 회장은 현장 근로자들의 생활을 너무나 잘 알고 있었다. 이런 초심을 잃지 않으려는 마음이 사훈으로 나타난 게 아닐까.

정 회장은 근로자 위에 군림하려는 임원이 있으면 가차 없이 인사 발령을 내도록 했다. "우리나라는 근로자는 100점인데, 관리자와 기술자들은 50점 이하"라는 말을 자주 했다.

정주영은 평생 근로자의 모습으로 살았다고 해도 과언이 아니다. 회장이 된 뒤에도 시간만 나면 작업화에 작업복, 작업모를 쓰고 현장을 구석구석 찾아다녔다. 얼마나 발걸음이 빠른지 수행하는 사람들은 거의 뛰어가다시피 해야 했다. 자동차 공장과 조선소를 만들 때는 주말에 현장에 가서 기사, 근로자들과 함께 밤을 새웠다는 이야기도 있다.

***

1988년 서울올림픽 유치를 성공시킨 정 회장은 84년 LA 올림픽 때 대한체육회장으로서 직접 LA에 날아가 진두지휘했다. 그의 혜안은 기업 경영에서뿐 아니라 스포츠에서도 빛을 발했다.

현대그룹 회장으로서 대한체육회장을 겸임한다는 게 결코 쉬운 일은 아니었다. 몸이 열 개라도 모자랄 정도였다. 정 회장은 결국 올림픽 중간에 귀국할 수밖에 없었다.

마침 84년은 나의 부모님 결혼 40주년이었다. 결혼 기념 선물을 고민하던 나는 올림픽도 구경하고, 60년대에 LA에 이민 간 이모와 이모부도 만날 겸 미국 서부를 관광하는 상품을 권해드렸다.

매우 기뻐하시며 여행을 다녀오신 부모님은 귀국하자마자 나에게 고맙다는 인사와 함께 깜짝 놀랄 소식을 전해주셨다.

당시만 해도 미국에서 오는 비행기는 도쿄를 경유하는 노선밖에 없었다. 부모님은 잠시 경유 비행기를 기다리는 동안 도쿄 공항 로비에서 TV를 보고 있었다.

무료하게 TV를 보던 아버지의 눈에 이상한 모습이 잡혔다. 어떤 사람이 의자도 아니고 로비 바닥에 007가방을 깔고 앉아 TV를 보더란다. 그런데 그 뒷모습이 어딘가 많이 보던, 익숙한 모습이었다. 뭔가 이상한 기분이 들어 앞으로 달려가 보니 바로 정 회장이었다.

깜짝 놀란 아버지가 "아니, 왜 바닥에 앉아 계세요. 저희가 앉은 자리에 와서 편히 보세요"라며 권했다. 그러자 정 회장은 "아냐. 여기가 더 편해"하며 극구 사양하더란다.

아버지는 계속 설득했으나 결국 정 회장의 고집을 꺾지 못했다. 국내 최고의 대기업 회장이 공항 로비 바닥에 가방을 깔고 앉는 게 더 편하다니. 더구나 정 회장 주변에는 수행 비서도 보이지 않았다.

아버지는 정 회장이 쌀집 점원으로 일할 때부터 정 회장을 봐왔던 분이다. 어지간하면 정 회장의 스타일을 파악했을 터인데 이것만큼은 도저히 이해하기 힘들었다고 했다.

"난 주머니에 돈이 한 푼도 없어"

빈털터리에서 자수성가한 사람 중 이른바 구두쇠, 자린고비인 사람들이 있긴 하다. 하지만 정 회장을 구두쇠나 자린고비라고 얘기하는 사람은 없다. 가족은 물론 과거 신세 진 사람들에게 보답하는 씀씀이는 놀랄 만큼 컸기 때문이다.

기업 경영 스타일도 쪼잔하지 않고, 선이 굵었다. 유독 자신에게만 엄격했다. 누구처럼 보여주기 위해 쇼를 한 게 아니다.

서린동에 있던 현대그룹이 계동에 새 건물을 짓고 이사했을 때 얘기다. 비서가 "회장님, 새 건물로 이사하는데 이참에 응접실 소파를 바꾸시죠"라고 권했다. 그때까지 회장실 응접실 소파는 인조가죽으로 된, 낡은 소파였다.

그러자 정 회장은 "이봐, 정주영이 쓰는 소파가 인조가죽이라고 생각하는 사람들이 있겠어? 내가 편하니까 그냥 놔둬"라고 했단다.

사옥을 옮길 때마다 정 회장은 "내 방은 굴뚝에서 제일 가까운 곳에 만들어"라고 지시했다. 의아해하는 직원들에게 "내가 살면서 가만 살펴보니까 겨울에 굴뚝 옆에 있는 사무실이 가장 따뜻하더라"라면서 사람 좋은 웃음을 지어 보였다.

* * *

정 회장은 사옥에 회장 전용 엘리베이터도 만들지 못하도록 했다. 삼성 등 대부분 대기업은 회장 전용 엘리베이터가 있다. 나름 이유가 있다. 회장과 직원의 동선이 겹치면 회장은 물론 비서실 직원도 불편하고, 일반 직원도 불편하다.

신사옥을 지으면서 임원 중 누군가 "회장님, 중역용 엘리베이터를 한 대 마련하는 게 좋겠습니다"하고 건의했다가 즉석에서 면박을 당했다.

"이봐. 그딴 게 왜 필요해? 엘리베이터라는 건 기다리면 다 타게 돼 있는 거야. 혹시 젊은 직원들이 차례를 양보해서 먼저 탈 수 있으면 그게 중역용이고, 회장용이지."

정 회장은 실제로 직원들과 함께 엘리베이터를 이용했다. 직원들이 불편하기도 했겠지만, 평소에 신입 직원들과 씨름을 할 정도로 소탈한 정 회장에게 큰 반감은 없었던 것 같다.

그러나 정 회장이 직원들과 똑같이 줄을 서서 기다리지는 않았다. 계동 사옥 시절 점심시간 때 직원들이 서 있는 엘리베이터에 끼어들며 "새치기해서 미안해"라며 겸연쩍은 미소를 지었다는 얘기가 있으니 말이다. 하지만 직원들이 이상하게 쳐다보지 않고, 환호했다는 얘기도 함께 들리니 이런 회장을 싫어한 직원은 없었던 모양이다.

현대 임직원들은 정 회장의 소탈함을 잘 아니까 이런 걸 두고 더 얘기하지 않았다. 하지만, 처음 보는 사람들은 대기업 회장이 너무 초라하게 다닌다며 모두 한마디씩 했다.

* * *

정 회장이 83년 KOC(한국올림픽위원회) 위원장 자격으로 쿠웨이트에서 열린 OCA(아시아올림픽평의회) 회의에 참석한 때였다. 정 회장 일행은 런던을 거쳐 쿠웨이트에 갔다.

비행기 안에서 낡고 색이 바랜 초록색 털조끼에 헌 구두를 신은 정 회장의 모습을 본 대한체육회 직원이 "회장님, 런던에 오셨으니 오신 김에 구두하고 조끼 새로 장만하시지요"라고 권유했다.

"이봐. 이 조끼는 따뜻해. 그리고 이 구두는 언제 신어도 편해."

정 회장은 단호하게 직원의 권유를 일축하더니 한마디 덧붙였다.

"난 말이야. 주머니에 돈이 한 푼도 없어. 그러니 물건 살 엄두도 내지 못해."

앞으로 이런 얘기는 아예 꺼내지 말라는 말이었다.

* * *

정 회장이 수행 비서 없이 혼자 다녔다는 얘기도 유명하다.

과천 정부 청사 현관에서 자신이 타고 온 차를 찾고 있는 정 회장을 봤다는 공무원이 여럿 있다. 웬만한 기업 사장만 해도, 아니 부처 국장만 돼도 비서가 대기하고 있다가 승용차를 대령하는 광경에 익숙해 있는 사람들로서는 현대그룹 회장이 현관에서 혼자 차를 찾아 헤매는 모습은 전혀 상상할 수 없는, 진기한 장면일 수밖에 없었다.

* * *

정 회장은 골프를 좋아했다. 주위에서 "어떤 운동이 제일 좋으시냐"라고 물어보면 "걷는 거 하고 골프지"라고 말하곤 했다. 그러나 옷이나 장비에는 전혀 신경 쓰지 않았다. 고가의 골프 웨어는 거들떠보지 않았고, 골프채도 10년 넘게 쓴, 중고 채였다.

페어웨이를 휘적휘적 걸어가다가 떨어진 골프 티라도 하나 주우면 마치 횡재한 것처럼 좋아했다고 한다. 티 하나 주웠다고 어린애처럼 좋아하는 대기업 회장의 모습을 상상해보라. 사실 정주영 회장은 검소하기도 하지만 맑은 정신의 소유자이기도 했다.

하지만 규칙에 대해서는 엄격했다. 자신은 물론 동반자들도 절대로 공을 터치하지 못하도록 했다. 정 회장과 같은 조에 포함되는 사람은 "오늘 죽었다"라고 복창해야 했다.
공이 숲에 들어가면 캐디를 시키지 않고 자신이 직접 들어가서 찾았다고 한다. 회장이 직접 공을 찾는데 어느 누가 캐디에게 시킬 수 있을까.

그렇지 않아도 회장과 동반 라운딩하느라 신경이 곤두서 있는데 공까지 찾으러 다녀야 하니 끝나고 나면 몸이 완전히 파김치가 됐다고 한다.

9부

정주영과 언론

어렸을 때부터 신문읽기를 계속해온 정주영 회장은 확실한 언론관이 있었다. 자신이 쾌척한 기금으로 만든 신영기금회관의 1994년 개관식에 참석한 정주영 회장. (관훈클럽 제공)

"언론은 약자 편에 서야"

정주영 회장은 언론과 기자에 대해 기본적으로 좋게 생각했다. 그 바탕에는 어렸을 때 고향에서 동아일보를 보면서 꿈을 갖게 됐고, 세상을 보는 눈을 키웠다는 사실과 무관하지 않다.

강원도 통천 시골에서 다른 세상에 대한 소식을 알 수 있는 유일한 수단이 경성에서 만드는 동아일보였다. 농사꾼 정주영에게 신문은 다른 세상으로 들어가는 '스타 게이트'였다.

정 회장은 고된 농사일을 마치자마자 이장 집까지 한달음에 달려갔다. 오늘은 어떤 소식이, 어떤 글이 기다리고 있을까 흥분했다고 한다. 이장 딸이 건네주는 신문을 받으면 가장 먼저 연재소설을 읽었다고 했다. 이광수의 소설 『흙』을 보면서 처음에는 허구가 아니라 실제 벌어지는 내용인 줄 알았다고 고백한 적이 있다. 그래서 자신도 변호사의 꿈을 키웠다고 했다.

그때도 문화면은 꼼꼼하게 다 읽었다. 정 회장의 글솜씨나 문화에 대한 식견, 예술을 사랑하는 마음이 모두 이때부터 시작된 거로 보인다.

* * *

정 회장의 청운동 집 응접실에는 맥아더의 기도문이 걸려있다.

「바라건대 나를 쉬움과 안락의 길로 인도하지 마시옵고, 곤란과 도전에 대해 분투 항거할 줄 알도록 인도하여 주옵소서」

정 회장의 마음에 쏙 드는 기도문이라 걸어 놓았다고 했다. 그런데 그게 끝이 아니었다. 그 뒤에 자신이 직접 지은 기도문을 추가해서 써넣었다.

「이것을 다 주신 다음에 이에 더하여 유머를 알게 하여 인생을 엄숙히 살아감과 동시에 삶을 즐길 줄 알게 하시고, 자기 자신을 너무 중대히 여기지 말고 겸손한 마음을 갖게 하여 주시옵소서. 그리하여 참으로 위대하다는 것은 소박하다는 것과 참된 지혜는 개방적인 것이고, 참된 힘은 온유함이라는 것을 명심하도록 하여 주시옵소서」

맥아더의 기도문에 못지않은 명문이고, 솔직한 기도문이다. 정 회장은 한 인터뷰에서 "내가 장사꾼이 되지 않았으면 문필가가 됐을 것"이라고 말한 바 있다.

* * *

정 회장의 신문읽기는 쭉 계속됐다. 쌀가게 점원 시절은 물론 사업을 새로 시작하며 정신없는 와중에도 신문을 손에서 놓은 적이 없다고 했다.

정 회장의 운전기사가 해야 할 일은 운전하는 것 말고 한 가지가 더 있었다. 정 회장은 새벽 4시쯤 일어나자마자 신문부터 찾았다. 조간신문이 배달되는 시간이 아니었다. 기사는 그 전에 보급소에 직접 가서 신문을 가져와야 했다.

일반적으로 기업의 회장 비서실이나 홍보실에서 하는 일 중에 신문 스크랩이 있다. 주요 조·석간 신문에서 중요한 기사나 기업 관련 기사는 모조리 정리해서 회장이 일목요연하게 볼 수 있도록 하는 일이다. 조간이 많으니까 회장 출근 전에 스크랩한 것을 테이블에 올려놓으려면 비서실이나 홍보실 담당 직원은 아침 일찍 출근해야 한다.

그러나 현대그룹 홍보실은 스크랩할 일이 없었다. 매일 새벽 1시간 이상 기사를 꼼꼼히 살펴보는 정 회장이 스크랩보다 더 많은 내용을 알고 있었기 때문이다.

* * *

워낙 신문을 많이 보고, 오래 봐 왔으니 언론에 관한 철학도 확고했다. 정 회장은 "언론은 항상 약자 편에 서야 한다"라는 말을 잊지 않았다. "정부의 말을 그대로 받아쓰는 건 강자의 편에 서는 것"이라고 했다. 또한 "기자는 정직해야 한다"라고 했다.

"어떤 사건에 대해 정부 발표를 확인도 하지 않고 그대로 대서특필하는 것은 잘못된 것이다. 결과가 나오기 전에 신문에서 먼저 죄인 취급하면 당사자는 억울하다. 나중에 무죄가 나오면 어떻게 해야 하나. 사건에 대해 사실만 간단히 보도해야지 주까지 달아서 없는 말을 보태는 것은 옳지 못하다."

아마 신문의 오보로 인해 피해 본 사례를 많이 봤던 것 같다. 그리고 정권의 강압에 당했던 본인과 현대를 생각했는지 모른다.

혹시 정 회장은 자신을 약자라고 생각했을까. 대그룹 현대의 회장이면 강자면 강자지 약자는 아니다. 정 회장이 현대 근로자들을 어떻게 아꼈는지 알면 자신의 얘기가 아니라 일반적인 언론의 자세를 얘기한 것으로 생각한다.

정 회장은 기본적으로 신문에 대한 관심이 많았을 뿐 아니라 우호적이었다. 가장 아끼던 동생 신영 씨가 서울대 법대를 졸업하자 동아일보 기자를 하라고 권유한 것도 정 회장이었다.

신영 씨 사망 후에 정 회장이 관훈클럽 내에 언론인의 교육과 출판을 지원하는 '정신영 기금'을 만들고, 관훈클럽 사무실도 마련해준 사실은 신영 씨에 대한 사랑의 표현일 뿐 아니라 언론에 대한 그의 마음을 표현한 것으로 봐야 한다.

문화일보 창간
신문에 대한 애정과 열정

정 회장이 문화를 사랑하고 문화예술에 관심이 많았다는 사실은 잘 알려져 있다.

1990년에 정부 조직에서 문화부가 독립하고, 초대 문화부 장관에 이어령 장관이 취임했다. 정 회장은 당장 이어령 장관을 초청해서 회장단과의 자리를 마련했다. 이 자리에는 정세영 회장, 이춘림 회장, 이명박 회장, 이현태 사장 등 현대의 주요 인사 7~8명이 참석했다.

북악스카이웨이 호텔에서 오후 2시에 시작된 대화가 밤 10시까지 이어졌다. 이어령 장관이 워낙 열변을 쏟기도 했으나 현대 회장단의 궁금증도 그만큼 많았다. 이 장관은 기업문화가 왜 중요하고, 필요한지 역설했다.

정 회장은 이어령 장관을 통해 기업문화에 대한 확실한 통찰력을 얻은 것 같았다. 당장 그룹 홍보실의 이름을 문화실로 바꾸고 조직도 바꿨다. 왜 현대그룹만 홍보실이 아니라 문화실이었는지 란 의문이 여기에서 풀린다.

정 회장이 신문에 대한 애정과 열정이 있었다는 것은 사실이다. 예술인들과도 교류가 많았고 만나는 분야도 넓었다. 정 회장은 예술인들과는 얘기가 통한다고 말하곤 했다.

정 회장이 막연하게나마 신문을 창간하고 싶다고 생각한 시점이 89년 하반기라고 측근들은 기억한다. 그런 막연했던 생각이 이어령 장관을 통해 확고해진 것 같다.

＊＊＊

정 회장의 신문 창간 움직임이 빨라졌다. 90년 8월, 현대그룹 문화실이 주축이 된 현대문화신문사를 설립했다. 신문사 창간의 기반을 마련한 것이다.

91년 11월, 드디어 석간 문화일보가 창간됐다. 『문화일보』라는 이름도 정 회장이 직접 지었다. '문화가 중요하다'라는 지론에 따른 것이다. 문화일보의 목표도 '올바른 문화가치 창달'이었다.

회장의 뜻에 따라 문화일보는 기존 신문과 달리 파격적인 모습으로 등장했다. 1면이 정치 위주였던 기존 신문과 달리 1면에 문화와 사회, 경제 등 다양한 기사가 올라왔다.

가장 파격적인 부분은 문화부였다. 문화일보답게 그냥 문화부가 아니었다. 종합문화부, 학술문화부, 과학문화부, 생활문화부, 연예문화부, 해외문화부, 미디어부 등 세분화해서 문화부만 7개였다.

당시 통일국민당 창당과 대선 출마 등 정치적인 행보와 맞물려 정치적인 목적으로 문화일보를 만들었다는 소문이 있었다. 시기적으로도 맞물려 있고, 실제로 문화일보가 국민당 홍보와 정주영 대선후보의 홍보에 앞장섰으니 그 소문이 전혀 근거가 없는 것은 아니다.

그러나 정주영 회장의 신문 창간 아이디어는 정치 행보 이전에 생겼고, 이어령 장관 초청 이후 속도를 낸 점으로 봤을 때 정치적인 목적이 먼저는 아닌 것 같다.

기자와 친했던 대기업 회장

삼성이나 LG그룹 회장이 기자들과 격의 없이 어울렸다는 얘기는 들어보지 못했다. 그러나 정주영 회장은 평소 모습 그대로 기자들과도 친하게 지냈다. 형식을 싫어했던 만큼 어쩌면 기자들과 어울리는 게 편했을 수도 있다.

80년대 어느 날, 정 회장이 예고도 없이 현대그룹 기자실에 들렀다. 마침 기자들이 고스톱을 치고 있었다. 당시는 고스톱이 전국적으로 유행할 때였다. 고스톱을 치던 기자들이 정 회장이 불쑥 들어오자 놀라서 벌떡 일어났다.

정 회장이 들어오자마자 한 얘기가 기가 막혔다.

"이봐. 고스톱은 세 명밖에 못 하잖아. 나랑 짓고땡 하자. 내가 오야(두목, 계주를 뜻하는 일본어) 할 게."

그러더니 기자들 사이에 털썩 앉았다.

정 회장은 화투패를 아주 능숙하게 돌렸다. 정 회장 말대로 고스톱은 세 명이 하는 놀이지만, 짓고땡은 최대 8명까지 동시에 할 수 있는 놀이다.

기자들은 정 회장이 혹시 돈을 일부러 잃어주려고 그러나 생각했는데 그게 아니었다. 거의 돈을 긁다시피 했다. 기자들 돈을 따먹는 그룹 회장님이라니.

다들 진짜 놀랐다.

"회장님, 실력이 보통 아니시네요."

그러자 정 회장이 씨익 웃더니 큼지막한 손바닥을 펴 보였다.

"요거 몰랐지?"

정 회장의 손바닥에 난초 한 장이 숨겨져 있었다. 손이 크니까 패를 돌리면서 한 장 숨긴 것이다. 남들은 5장 갖고 하는데 혼자 6장으로 하니 승률이 높을 수밖에 없었다. 타짜라고 하기엔 초보 기술이지만 일종의 사기였다.

"이거 내가 노가다 시절 익힌 수법이야."

이럴 때 정 회장의 얼굴은 영락없는 개구쟁이였다.

***

전경련 회장 시절, 전경련 출입 기자들이 정 회장에게 붙여준 별명이 '단벌 신사'였다. 아주 특별한 행사 때가 아니면 항상 짙은

감청색 양복만 입었다.

어느 날, 여느 때와 달리 새 옷을 입고 전경련 기자실에 나타났다.

"회장님, 오늘은 어쩐 일이십니까?"

"어때. 내가 입으니까 좋아 보이지? 이거 싸구려야."

그러자 기자 한 명이 농담을 건넸다.

"회장님은 뭘 입어도 폼이 안 납니다."

"예끼 이 사람."

기자들과 격의 없이 이런 대화를 나눌 수 있는 그룹 회장이 또 있을까.

* * *

하루는 정 회장이 전경련 기자들에게 "마북 연구소로 놀러 가자"라며 초대를 했다. 자신이 돈과 정성을 쏟아부어 만든 현대자동차 마북 연구소를 기자들에게 보여주고 싶었다. 그냥 구경만하는 게 아니라 "가서 소프트볼 하고 놀자"라는 제의였다.

당시 60대 중반의 대기업 회장이 30대 중후반 기자들과 함께 운동한다는 게 어울리지 않는 그림 같지만 20대인 현대 신입사원들과도 씨름하던 정 회장인지라 기자들도 당연하게 받아들였다.

소프트볼을 하는데 정 회장은 넘어지고 미끄러지면서도 열심히 놀았다. 뭐든 열심히, 재미있게 하는 게 정 회장의 본 모습이다. 당시 현장에 있었던 기자들은 아들뻘 기자들과 흉허물없이 어울리는 정 회장의 모습을 보면서 솔직하고 인간적인 매력이 넘치는 사람이라고 입을 모았다.

회장이 기자들과 허물없이 지내니까 홍보실이 기자 상대로 따로 할 일이 별로 없었다.

* * *

이런 일도 있었다. 전경련 출입기자 중 정 회장과 평소 가까웠던 서울신문 정신모 기자(나중에 편집국장)가 출입처를 옮기게 됐다. 정 회장에게 출입처를 옮긴다고 인사하자 정 회장이 매우 서운해했다. 그는 전경련 홍보 담당 이사에게 기자단 만찬을 준비하게 했다.

저녁을 먹으면서 정 회장이 말했다.

"이봐, 오늘 이 자리가 어떻게 마련된 건지 알아? 당신 전경련 떠난다고 해서 서운해서 마련한 거야."

만찬을 끝내고 돌아가려는데 정 회장이 불렀다.

"이봐. 둘이 한 잔 더 하고 싶으니까 내 차를 타"

정 회장은 종로로 가자고 했다. 노래 부르는 술집이었다. 회장과 기자 둘이서 밤늦게 노래 부르고 놀았다고 한다.

이런 그룹 회장은 다시 볼 수 없을 것이다.

10부

정주영과 가족

정주영 회장이 평생 자신을 뒷바라지해온 부인 변중석 여사와 함께 파안대소하고 있다.

사랑과 엄격의 두 얼굴

정주영 회장이 동생들과 아들들에게 엄격했다는 사실은 누구나 인정한다. 동생들도 큰형을 무서워했으니 아들들은 오죽했으랴.

정 회장은 동생들을 부를 때 직함이나 호칭은 물론 이름도 부르지 않았다. "둘째 오라고 해", "셋째 오라고 해"라고 지시해 직원들이 민망할 때가 많았다.

아들들이 정 회장을 '아버지'라고 부르는 걸 본 사람이 없다. 호칭은 반드시 "회장님"이었다. 정 회장이 유일하게 따뜻한 눈길을 주던 5남 몽헌 회장도 예외가 아니었다. 정 회장이 가장 믿음직하게 생각했고, 비교적 아버지와 가까웠던 6남 몽준 회장도 항상 호칭은 "회장님"이었다. 어떤 아들이라도 정 회장이 "뭐라고?"라며 쳐다보면 "아닙니다"하고 말도 제대로 꺼내지 못하고 일어서서 나갈 정도였다.

하지만, 가장 가까이에서 정 회장을 모셨던 측근들은 정 회장의 아들 사랑이 깊고도 넓었다고 증언한다.

정주영 회장이 사망하기 1년 전인 2000년 5월, '자신과 몽구 회장, 몽헌 회장이 모두 현대 경영에서 물러나겠다'는 내용의 '3부자 퇴진' 발표도 사실은 자식들에 대한 애정이었다는 증언도 있다.

즉, 정 회장은 현대그룹을 더 키우지 말고 지키기를 원했다. 경영은 전문경영인에게 맡기고, 아들들은 자산가나 사회사업가로 살면서 본인에게 더 많은 시간을 투자하기를 바랐다고 한다. 대주주로만 있으면 법적 책임이 없고, 경영진이 잘못하면 대주주로서 권한을 행사해 경영진을 바꾸면 된다고 생각했다.

그러나 이 구상은 결국 현실화하지 못했다.

"진작 큰 회사를 맡길걸"
큰아들의 죽음

'열 손가락 깨물어 안 아픈 손가락은 없다.'

아버지, 또는 어머니가 자신보다 형을, 동생을 더 사랑한다고 할 때 이를 부정하면서 하는 말이다. 하지만, 모든 자식을 다 사랑하긴 해도 똑같은 정도로 사랑할 수는 없다. 첫째와 사이가 나쁠 수는 있어도 첫정은 각별하기 마련이다.

장남 몽필 씨는 벽돌과 타일, 변기 등을 생산하던 동서산업 사장이었다. 큰아들이었지만 런던 지사에 오래 나가 있어서 정 회장을 많이 보지 못했다. 몽필 씨는 자주 밤늦게까지 술을 마셨는데 그때마다 노래를 수십 곡씩 불렀다. 대부분 어머니와 관련된 노래로 내용이나 곡조가 모두 슬프고 애절한 노래였다고 한다.

정 회장은 큰아들에게 인천제철을 맡겼다. 아버지가 자신을 인천제철 사장으로 발령내자 몽필 씨는 정말 좋아했다고 한다. 아버지의 기대에 어긋나지 않기 위해 그날부터 술도 딱 끊고, 매일 늦게까지 업무를 챙겼다.

그러나 하늘은 무심했다. 1982년 4월, 울산에 출장갔다 돌아오던 길에 경부고속도로에서 대형트럭 추돌사고로 사망했다. 청천벽력과도 같은 사고였다. 당시 몽필 씨의 나이는 불과 48세였다.

주위에서는 몽필 씨가 너무 잘하려다가 당한 사고라고 입을 모았다. 그날도 현대중공업 관련 회의가 늦게 끝나는 바람에 다들 자고 가라고 했으나 만류를 뿌리치고 새벽에 무리해서 상경하다가 사고를 당한 것이다.

자식을 먼저 보내면 가슴에 묻는다고 했다. 겉으로는 무뚝뚝해 보여도 가족에 대한 사랑이 지극했던 정 회장이 큰아들의 죽음 앞에서 얼마나 상심했을지 충분히 상상할 수 있다.

미국 출장길에 사고 소식을 들은 정 회장은 "진작 큰 회사를 맡겼어야 했다"라며 애통했다고 한다. 장례식이 끝난 후에야 귀국한 정 회장은 곧바로 그룹 종합기획실을 시켜 다른 아들들을 모두 대표이사 사장으로 발령 냈다.

대표이사 사장이었던 2남 몽구, 3남 몽근은 대표이사 회장으로, 4남 몽우는 고려산업개발 대표이사 사장, 6남 몽준은 현대중공업 대표이사 사장, 7남 몽윤은 현대해상화재보험 사장이 되었다.

큰아들의 사망을 계기로 자식들에 대한 사랑을 숨기지 않고 한 꺼번에 쏟아부은 것이다.

* * *

다른 이야기지만, 정 회장의 의연함을 보여준 일화가 있다.

"몽필이는 호강하며 살다 갔지만, 젊은 기사의 죽음은 너무 안 타깝다."

자식을 먼저 보낸 아픔을 삭이면서 함께 죽은 기사의 죽음을 애 도한 것이다. 정 회장은 기사 가족에게 충분한 보상과 지원을 하 라고 지시했다.

"장자에게 자동차를 넘기는 게 잘못됐어?"
정몽구 회장

정 회장은 몽필 씨가 사망한 뒤 첫째 상속자가 된 몽구 회장에게 불만이 많았다. 아들들끼리 비교하는 것은 부모로서 절대 피해야 할 일이라곤 하지만, 정 회장은 아들들에게 거의 직설적으로 불만을 얘기하곤 했다.

정 회장은 특히 몽구 회장과 6남 몽준 회장을 자주 비교하곤 했다. 몽구 회장은 한양대 공대를 졸업했고, 몽준 회장은 서울대 경제학과를 나와 미국에서 박사 학위까지 받았다. 그러나 공부나 학위만 갖고 비교한 것은 아니라고 생각한다. 아버지 앞에서 주눅 들어있는 듯한 모습을 보기 싫어한 것이다.

정 회장은 아들들과 골프를 자주 쳤다. 엄격하게 말하면 '함께' 친 게 아니다. 정 회장은 티샷을 하고 나면 골프채를 캐디에게 넘겨준 뒤 휘적휘적 앞으로 걸어 나갔다고 한다. 아버지가 걸어가는 데 감히 뒤에서 티샷할 아들은 없다. 그저 골프채를 들고 뒤를 따라가는 수밖에.

과연 골프 규칙을 몰라서 그랬을까. 아니면 아들들을 무시해서 그랬을까. 정주영이라는 사람을 조금만 알아도 그의 행동에는 다 뜻이 있음을 안다.

이 와중에 유일하게 공을 치는 아들이 몽준 회장이었다. 아버지가 캐디에게 채를 넘겨주는 순간 잽싸게 티를 꽂고 냅다 드라이버를 휘둘렀다고 한다. 정 회장의 입꼬리가 살짝 올라가는 순간이다. 안 보는 듯 무심하게 걸어가도 누가 어떤 표정을 짓고, 어떤 행동을 하는지 다 파악하는 정 회장이었다.

정 회장이 어느 날 차를 함께 탄 몽구 회장에게 "네가 몽준이 반만 따라가도 괜찮겠다"라며 면박을 줬다는 이야기를 측근에게 들은 적이 있다.

* * *

그러나 정 회장의 큰 뜻을 보통 사람들은 이해할 수 없다.

외견상으로는 몽구 회장을 미워하고, 그의 능력을 인정하지 않는 것처럼 보였다. 하지만, 정 회장은 뜻밖에도 현대자동차를 몽구 회장에게 넘기는 결정을 한다.

당시 몽헌 회장의 오른팔이었던 이익치 전 현대증권 회장은 이 결정을 적극적으로 말렸다. 오랜 기간 정주영 회장의 비서로 일하면서 정 회장의 생각과 스타일까지 파악하고 있다고 확신한 이 회장이었다. 왜 현대자동차를 몽구 회장에게 주려고 하는지 도저히 이해할 수 없었다.

이익치 회장은 "회장님, 안 됩니다. 그렇게 하시면 현대자동차는 필연적으로 망합니다. 현대자동차를 지금까지 일궈온 정세영 회장님도 계시는데 왜 이러십니까"라고 호소했다.

정 회장의 셋째 동생인 정세영 회장은 '포니 정'이라는 별명을 얻을 정도로 30년 동안 현대자동차의 설립과 발전의 주체였다. 정 회장이 정계에 진출했을 때는 현대그룹 회장까지 물려받아 그룹을 운영했다. 주변에서는 당연히 정세영 회장이 현대자동차 경영권을 물려받을 거로 생각했다.

그러나 결정은 바뀌지 않았다. 1998년 12월, 몽구 회장이 현대자동차 회장에 취임했다. 정세영 회장이 끝까지 현대자동차에 대한 미련을 버리지 않자 정 회장이 이렇게 말했다고 한다.

"몽구가 장자인데 몽구에게 자동차를 넘겨주는 게 잘못됐어?"

이 내용은 정세영 회장의 자서전에도 나온다. 정세영 회장이 서운하지 않았을 리가 없다. 하지만, 형님의 이 한마디에 더 이상의 토를 달지 않았다. "형님이 현대산업개발을 주신 것만으로도 고

맙게 생각한다"라며 물러섰다.

  그러면 과연 정 회장은 '장자'라는 이유 하나만으로 현대자동
차를 몽구 회장에게 넘겨줬을까. 그 결과는 지금 우리가 보고 있
다. 몽구 회장이 맡은 이후 현대자동차는 승승장구, 세계 5위 안
에 드는 자동차 회사로 성장했다.
  현대자동차는 망할 거라고 했던 이익치 회장은 "정주영 회장님
의 혜안에 두손 두발 다 들었다"라고 고백했다.
  정주영 회장의 혜안은 여기에서도 증명된다. 그리고 아들에 대
한 지극한 사랑도 엿볼 수 있다.

"돈은 얼마가 들어도 좋으니 살려만 달라"
몽근 회장의 수술

3남 몽근 회장(현대백화점 명예회장)이 경복고 재학 시절 패싸움을 하다 뒷머리가 함몰되는 중상을 입은 적이 있다. 전쟁이 끝난 뒤인 1950년대 후반, 당시에는 학생들끼리 패싸움이 매우 잦을 때였다. 아마 싸움 도중에 상대 누군가가 돌로 머리를 내려친 모양이었다.

병원으로 실려 간 몽근 회장의 상태가 매우 위독했던 것 같다. 아들의 사고 소식을 듣자마자 정 회장은 하던 일을 내팽개치고 한달음에 병원으로 달려갔다.

담당 의사를 만난 정 회장은 "돈은 얼마가 들어도 좋으니 살려만 달라"라고 간청했다.

1950년 설립한 현대건설이 한창 사업을 확장하고 있을 때였다. 한마디로 돈 들어갈 일이 많았다. 하지만, 사업보다 아들이 먼저

였다.

정 회장의 지극정성으로 몽근 회장은 대수술 끝에 생명을 건졌으나 수술 후유증으로 고생을 심하게 했다.

정 회장은 "몽근의 아내는 내가 구해준다"며 직접 나섰다. 현대 여직원 중에서 며느리를 고르라고 했다.

비서실에서 이력서를 챙겨 8명을 골라 정 회장에게 보고했다. 정 회장은 그 직원들이 일하는 곳에 일일이 직접 가서 일하는 모습을 본 뒤 결정했다. 정 회장이 며느리로 점찍은 사람이 경리부 직원이던 우경숙(정몽근 명예회장의 부인)이었다.

"내가 런던 출장 가서 한 달 있다가 올 테니 그때까지 결혼 날짜 잡아놔."

며느리 정하는 것도 정 회장다웠다.

정 회장은 한양대 토목과를 졸업하고 현대건설에서 일을 시작한 몽근 회장에게 금강개발을 맡겼다. 그리고 현대건설의 식자재 보급을 금강개발이 담당하도록 했다.

아버지의 지극한 사랑을 받은 몽근 회장은 현대백화점을 국내 최고의 백화점으로 키웠다.

인격적으로 대한 첫째 동생
정인영 회장

6남 1녀의 장남인 정 회장은 동생들에게도 매우 엄한 형이었다. 지시를 거역하거나 반발하면 아들들은 물론 동생이라고 해서 봐주지 않았다. 동생들은 큰형을 아버지처럼 대했다.

그러나 첫째 동생 인영 회장만은 막 대하지 않았다. 비교적 인격적으로 대해줬다. 오늘의 현대를 일군 배경에는 정인영 회장의 역할이 매우 컸다. 미군 통역이었던 인영 회장의 실력 덕에 피난 시절 부산의 미군 부대 공사를 현대가 많이 맡았고, 환도 후 서울에서도 거의 독점할 수 있었다.

인영 회장은 술을 입에도 대지 않았고, 손에는 늘 책을 들고 살았던 신사였다. 고향에서는 소학교도 제대로 다니지 못했는데 서울로 올라와 형 집에 기거하면서 이불을 뒤집어쓰고 영어단어를 외웠다고 했다. 정 회장이 "그거 배워 뭐에 써먹느냐"라고 야단치니까 "두고 보세요. 다 써먹을 때가 올 겁니다"라고 대답했다고 한다. 그리고 일본 청산학원에 유학하고 돌아와서 미군 공병단 통역으로 취직한 것이다.

정주영 회장과 인영 회장은 사이가 좋았으나 크게 두 차례 사이가 벌어졌던 때가 있었다.

첫 번째는 중동 진출 건이었다. 정 회장이 "돈 있는 데서 돈을 벌어야 한다. 동남아는 아니다"라며 중동 건설 진출을 선언했다. 이때 인영 회장은 "해외공사는 안 된다"며 펄펄 뛰며 반대했다. 인영 회장은 인도네시아, 태국, 괌, 알래스카 공사에서 실패했던 사례를 들었다. 현대 임직원들은 인영 회장 입에서 '안 된다'라는 말을 그때 처음 들었다고 했다.

하지만 반대한다고 물러설 정 회장이 아니었다. 이란 반다라바스 훈련조선소 건설 계약을 따냈다. 1,000만 달러짜리 작은 계약이었으나 이걸 발판으로 더 큰 계약을 딸 계획이었다.

반다라바스는 중동에서도 제일 환경이 열악한 곳이었다. 습도도 높은데 온도는 섭씨 59도까지 치솟았다. 영국 사람들이 '지옥에서 1cm 떨어진 곳'이라고 할 정도였다.

정 회장은 끄떡도 하지 않았다.

"이봐. 거기서 네덜란드 애들도 공사하더라. 우리가 못할 게 뭐야?"

인영 회장도 지지 않았다.

"당장 철수시켜라. 60도에서 사람이 어떻게 일하나."

두 번째는 80년 초, 전두환 정권의 기업 통폐합 때였다. 삼성은 TBC 방송을 KBS로 넘겼고, LG는 하이닉스를 현대에 넘겼다. 서슬 퍼렇던 군 정권에 감히 대항할 엄두를 내지 못했다. 정주영 회장은 중공업과 자동차 중 하나를 선택하라는 요구에 중공업을 버리고, 자동차를 선택했다.

현대양행을 창업해서 이끌던 인영 회장은 통폐합을 단호하게 반대했다. 한 푼도 받지 못하고 고스란히 현대양행을 뺏긴 인영 회장이 정주영 회장을 좋게 생각할 리 만무했다.

정권의 통폐합 움직임에 반기를 든 대가는 구속이었다. 전두환 정권은 인영 회장을 횡령·배임 및 외환 관리법 위반으로 걸어 구속했다. 그 규모가 무려 500만 달러였다. 당시로서는 어마어마한 규모였다.

인영 회장이 구속되자 정 회장이 나섰다. 흔쾌히 500만 달러를 보증해주고, 인영 회장을 보석으로 풀려나게 했다.

정 회장은 끝까지 인영 회장을 존중했다.

가장 각별했던 동생 정신영
정신영 기금

정 회장은 넷째 동생 신영 씨를 가장 각별하게 아꼈던 것으로 알려졌다. 31년생이니까 16살이나 어린 동생이었다. 어렸을 때부터 똑똑했던 신영 씨가 서울대 법대에 들어가자 정 회장은 정말 기뻐했다.

정 회장은 신영 씨에게 중요한 역할을 맡기고 싶어 했다. 동아일보 기자를 권한 것도 정 회장이었고, 유학을 권유한 것도 정 회장이었다. 모든 비용을 부담할 테니 경제학 박사를 따서 오라고 했다.

신영 씨는 동아일보를 그만두고, 57년 독일 함부르크 대학으로 공부하러 갔다. 신영 씨가 출국할 때 김포 공항에 정 회장은 물론, 인영·상영·순영 회장 등 형들이 대거 환송하러 나왔다.

신영 씨는 유학 중에도 58년에는 한국일보 독일 통신원으로 벨기에 브뤼셀 만국박람회 기사를 쓰기도 했으며 61년에는 동아일보 유럽 통신원 자격으로 베를린의 동·서 분열을 현지에서 생생하게 전했다. 그러나 박사 학위 수여를 불과 몇 달 앞두고 장 폐색증으로 함부르크 대학병원에 입원했고, 수술 중 사망했다.

1962년, 그의 나이 불과 31세였다.

신영 씨의 사망 소식을 들은 정 회장은 너무나 비통한 나머지 열흘이나 출근하지 않았다고 전해진다. 정 회장이 그렇게 슬퍼하는 모습은 처음이자 마지막이었다고 측근들은 기억한다.

"신영이 참 자랑스러웠고, 좋아했는데 신영에게 그런 얘기를 한 번도 해주지 않았다. 너무 후회된다."

정 회장은 그렇게 아끼던 동생을 추모하며 생전에 사랑을 표현하지 못한 것을 후회했다.

언론인 단체인 관훈 클럽에 언론인 연구 활동을 지원하기 위한 '정신영 기금'이 있다. 저술 활동도 지원하고, 해외 연수도 지원한다. 정 회장이 신영 씨를 생각하며 만든 기금이다. 신영 씨는 동아일보 기자 시절이던 1957년, 관훈클럽의 서른 번째 회원이 됐다. 이를 기억한 정 회장이 77년에 10억 원을 후원해 그 이름을 딴 '정신영 기금'을 조성한 것이다.

* * *

신영 씨에게는 딸과 아들이 있었다. 특히 61년생인 아들(몽혁)은 돌이 되기도 전에 아버지가 돌아가시는 바람에 아버지의 얼굴도 기억하지 못했다.

정 회장은 조카 몽혁을 끔찍이 사랑했다. 동생을 사랑하는 마음에 측은지심까지 더해진 것으로 보인다. 마음은 물론 경제적인 도움도 아끼지 않았다.

해외로 출장을 갈 때마다 제수(장정자 현대학원 이사장)에게 직접 쓴 손편지를 보냈다고 한다. 동생에게 표현하지 못한 애틋한 정을 동생의 부인에게 대신 전한 것이 아닐까.

1980년, 몽혁 씨가 대학입시를 치를 때였다. 연세대에 승마 특기생으로 지원했다. 그런데 TBC 방송과 중앙일보에서 '부정 입학'이라고 대서특필했다.

정 회장은 불같이 화를 냈다.

"이건 언론이 할 짓이 아니다."

이전에도 중앙 매스컴에서 현대를 비판하는 기사가 많았으나 이때만큼 크게 화를 낸 적은 없었다는 게 측근들의 증언이다.

몽혁 씨는 결국 낙방했고, 이후 정 회장의 대응 자세가 달라졌다고 한다.

✱ ✱ ✱

80년대 초 현대건설이 쌍용정유 울산공장 공사를 하던 도중 상압 증류탑이 무너졌다. 상압 증류탑이 중요한 시설이긴 했으나 유독 중앙일보에서 연일 크게 보도했다고 생각했다.

정 회장은 의도가 있다고 판단하고, 중앙일보에 현대 광고를 일절 주지 말라고 지시했다. 현대그룹 전체 광고가 끊기자 중앙일보에서 난리가 났다.

이 일로 정 회장과 이병철 삼성 회장의 사이가 매우 틀어져 버렸다. 제일 난처한 곳이 전경련이었다. 이병철 회장은 전임 회장이었고, 정주영 회장은 현 회장이었다.

전경련에서는 대한민국 경제계 쌍두마차 거물들의 화해를 위해 중재 노력을 게을리하지 않았다. 원로 간담회를 만들어 두 회장의 만남을 주선하는 등 노심초사했다.

정 회장의 닫혔던 마음이 열리기까지는 오랜 시간이 걸렸다. 동생과 조카에 대한 사랑이 컸기에 상처도 그만큼 컸기 때문이다.

하지만, 일단 막힌 벽을 허물자 거물들은 역시 거물이었다. 정 회장은 삼성의 전자제품도 사용하고, 신라호텔에도 다니기 시작했다. 이 회장은 전경련 행사를 위해 정 회장과 함께 버스를 타고 울산에 가곤 했다. 물론 영빈관도 서로 여러 차례 방문했다.

* * *

　정 회장은 미국 유학을 마치고 와서 경영 수업을 받고 있던 몽혁 씨에게 93년 현대정유의 경영권을 맡겼다. 몽혁 씨가 대표이사 부사장이 된 때가 만 32세였다.

　큰아버지 정주영 회장의 살뜰한 보살핌을 받던 몽혁 씨는 2001년 정 회장 사망 후 잠시 경영 일선에서 물러나기도 했으나 범현대가의 도움을 받아 현대종합상사 회장으로 재기했다.

1984년 LA 올림픽을 현장에서 취재하던 저자가 선수단을 진두지휘하던 정주영 체육회장을 만 났다.

에필로그

절대 잊어서는 안 될
거인 정주영

정주영 회장의 방북은 2000년 6월이 마지막이었다. 건강이 급
속도로 약해졌다고 했다. 에너지가 펄펄 넘치던 이전의 모습은
전혀 보이지 않았다. 의욕도 없어진 듯했다.

2000년 3월 불거진 '왕자의 난'을 보면서 정주영의 실망은 극
도에 달했다. 자신이 아직 시퍼렇게 살아있는데 자식들이 후계
구도를 놓고 싸운다는 사실을 인정하기 힘들었다. 그해 6월 방북
때는 첫사랑이던 통천 이장 딸이 이미 2년 전에 사망했다는 소식
도 들었다.

이후 말수가 크게 줄었다. 만나는 사람도 거의 없었다. 정몽헌
회장, 이익치 회장, 그리고 김윤규 사장 정도만 만났다고 한다.

2000년 6월 이후 대북 사업은 정몽헌 회장 주도로 이뤄졌다. 정
주영 회장은 동해항에 가서 금강산 관광 크루즈가 출발하는 모습

을 물끄러미 바라보곤 했다. 배가 항구를 떠나면 "집에 가자"하고는 승용차 뒷좌석에 몸을 깊게 묻고 조용히 돌아왔다고 한다.

2001년 3월 21일. 자타 공히 100세는 너끈히 넘길 거라고 자신했던 정주영 회장은 만 86세에 생을 마감했다. 90세도 못살았다는 게 허망하게 느껴질 정도다.

개인적으로는 대선 패배가 그의 건강을 망친 결정적인 이유라고 생각한다. 본인은 "내가 실패한 것이 아니라 나를 선택하지 않은 국민의 실패"라며 의연한 모습을 보였으나 일생에서 처음 맛본 큰 실패였다. 그 이후 그를 움직이는 에너지가 약해진 것은 틀림없다.

정주영 회장의 마지막을 함께 한 장의차는 현대자동차에서 직접 만든 특수차였다. 사실은 현대자동차에서 변중석 여사용으로 만든 것이었다. 회사에서는 당연히 정 회장보다 변 여사가 먼저 돌아가실 걸로 생각했다. 나이는 정 회장이 여섯 살이 많지만 여러 정황상 정 회장이 먼저 사망할 가능성은 없다고 생각했다.

당시 한국에서 만든 장의차가 없었다. 현대자동차 임원들은 명색이 현대그룹 회장 사모님인데 미국 포드가 만든 장의차로 모실수 없다고 생각했다. 심혈을 기울여 장의차를 만들어 정몽구 회장에게 보고하니 "어머니 빨리 돌아가시라고 고사 지내는 거냐" 라며 무척 기분 나빠 했다고 한다. 그런데 장의차 만들고 얼마 안 돼 정 회장이 먼저 돌아가신 것이다. 그만큼 의외였다.

아산峨山 정주영鄭周永.

대한민국의 경제 분야는 물론 정치와 스포츠 분야에서도 커다란 발자취를 남긴 거인이다. 할머니와의 인연, 스포츠 기자로 맺은 인연 등으로 개인적으로도 특별한 존재였지만, 대한민국의 현대사에서 절대 잊혀서는 안 될 존재다.

부디 대한민국의 젊은이들이 정주영의 정신, 정주영의 노력, 정주영의 근면함, 정주영의 아이디어, 정주영의 철학을 알기를 바란다. 그리고 배우기를 바란다.

정주영이 누구예요

초판 1쇄 인쇄 2022년 9월 25일
초판 1쇄 발행 2022년 10월 5일

지은이 이민우
펴낸이 손장환

디자인 윤여웅
사진   정지원

펴낸 곳 LiSa

등록 2019년 3월7일 제 2019-000070호
주소 서울시 마포구 독막로 20나길 22, 103-802 우편번호 04076
전화 010-3747-5417
이메일 mylisapub@gmail.com

ISBN 979-11-966542-4-5 03810

* 이 책은 관훈클럽정신영기금의 도움을 받아 저술 출판되었습니다.